마룡의 후예

송진용 新무협 판타지 소설

FANTASTIC ORIENTAL HEROES

마룡의 후예 2

송진용 新무협 판타지 소설

초판 1쇄 찍은 날 § 2010년 2월 10일
초판 1쇄 펴낸 날 § 2010년 2월 20일

지은이 § 송진용
펴낸이 § 서경석

편집장 § 문혜영
편집 § 주소영

펴낸곳 § 도서출판 청어람
등록번호 § 제1081-1-89호
등록일자 § 1999. 5. 31
어람번호 § 제2-1891호

주소 § 경기도 부천시 원미구 심곡2동 163-2 서경B/D 3F (우) 420-822
전화 § 032-656-4452 팩스 § 032-656-4453
http://www.chungeoram.com
E-mail § chungeoram@chungeoram.com

ⓒ 송진용, 2010

ISBN 978-89-251-2088-1 04810
ISBN 978-89-251-2086-7 (세트)

魔龍

마룡의 후예 後裔

송지용 新무협 판타지 소설

2

탈출

目次

第一章
위험한 약속

마룡의
후예

마룡의
후예

“이것 놓지 못해?”

“사매!”

“나는 사형이 이런 사람인 줄 몰랐어!”

“사매! 내가 이렇게 된 게 다 너 때문인 줄을 정말 모른단 말이냐?”

“나에게 사형은 그저 사형일 뿐이야. 사형도 나를 그저 사매로 여겨주기를 바라. 전에는 그랬었잖아? 그런데 지금 사형은 다른 사람처럼 변했어.”

“사매, 내가 변한 건 바로 너 때문이다. 너에 대한 마음이 나를 이렇게 만들었으니…….”

이귀율이 장탄식을 했다.

"하— 나도 이제는 내 마음을 어떻게 할 수가 없구나."

"내 탓으로 모든 걸 돌리려고 하지 마. 나는 사형에게 아무 짓도 하지 않았어."

날카롭게 외치던 소리에 이어서 한탄하는 소리와 타이르는 소리가 들려왔다.

운도는 걸음을 멈출 수밖에 없었다.

우뚝 서서 바람결에 실려 오는 그 소리들을 들었다.

여자의 음성은 위서향의 것이 틀림없었다. 그리고 그녀를 윽박지르듯이, 설득하듯이 말하고 있는 음성은 대사형 이귀율의 것이었다.

'그들이 왜?

왜 이 늦은 시간에 단풍나무 그늘 속에 숨어서 언쟁하고 있는 건지 의아해졌다.

운도는 그날 밤도 한차례 천마심공을 운기하고 난 뒤였다.

그러고 나서 버릇처럼 정원을 산책하려고 나온 것인데, 저도 모르게 발길이 위서향의 거처인 화정각으로 향했던 것이다.

월동문 밖에서 그녀의 음성을 들은 운도의 가슴이 쿵쾅거리고 뛰었다.

'혹시 위 누이에게 안 좋은 일이라도 생기는 것 아닐까?

운도가 살며시 걸음을 옮겨 월동문으로 다가갔다. 몸을 감추고 훔쳐보니 연못가에서 위서향과 이귀율이 마주 서 있었다.

이귀율은 무언가 화가 난 것 같으면서도 사정하는 것처럼 보였고, 위서향은 단단히 토라져 있는 모습이 완연했다.

"위 사매, 나는 옛날로 돌아가고 싶다."

이귀율이 한 걸음 다가서며 열에 들뜬 듯 말하자 위서향이 주춤거리고 그만큼 물러섰다.

"옛날에 우리가 뭘 어쨌다는 거야?"

"그때는 위 사매와 나와의 관계가 지금 같지 않았다. 너도 알잖니? 그때 네가 얼마나 나를 좋아했고, 또 우리 사이가 얼마나 가까웠는지 말이다."

"나는 다만 어린 사매로서 사형을 따랐을 뿐이야. 오빠 같았으니까."

"그래도 좋겠지. 하지만 지금은 너도 이렇게 컸으니 좀 더 다른 감정을 가질 수 있지 않을까?"

"다른 감정이라니, 나에게서 뭘 원하는 거지?"

"나는, 나는 사매 너를……."

쩔쩔매던 이귀율이 작심한 듯 불쑥 다가서서 위서향의 손을 붙잡았다.

그녀가 깜짝 놀라 손을 빼려고 하지만 역부족이었다.

"이것 놔!"

"사매, 너는 정말 내 마음을 모른단 말이냐?"

"사형의 마음을 내가 어떻게 알아? 그런 사령은 내 마음을 알아?"

"나는, 나는… 짐작하고 있다. 네가 이렇게 변한 이유를. 너는 바로 그놈을 마음에 두고 있지?"

"뭐라고?"

"홍, 그놈은 근본도 알 수 없는 놈이다. 그런 놈을 좋아해서 대체 어쩌려는 것이냐?"

"터무니없는 소리!"

"네가 말하지 않아도 나는 다 알 수 있어."

"어서 이 손을 놓지 못해!"

"사매!"

이귀율이 더욱 힘을 주어 그녀를 끌어당겼다. 품에 안으려는 것 같다. 그러자 위서향이 거세게 반항했다.

멀찍이 떨어진 곳에 숨어서 훔쳐보고 있던 운도는 조급한 마음이 들었다.

그가 앞뒤 가릴 것 없이 월동문 안으로 뛰어들며 소리쳤다.

"대사형, 그건 비겁한 짓이야! 위 누이가 싫다고 하지 않소!"

불쑥 들려온 소리에 이귀율이 깜짝 놀라 몸을 굳혔다.

그 틈에 그의 손에서 빠져나온 위서향의 낯빛이 새파랗게 질려 있었다.

그들에게 달려간 운도가 재빨리 두 사람 사이에 끼어들어 위서향을 등지고 섰다.

운도를 노려보는 이귀율의 눈에서 원한의 불길이 번쩍였고, 등 뒤에서는 위서향의 떨리는 음성이 들려왔다.

"운도야, 어서 돌아가. 여기 있으면 안 돼."

그러나 운도는 완강했다.

"대사형이 돌아가면 나도 가겠어."

이귀율을 똑바로 바라보며 힘주어 말했다.

"어서 돌아가라니까!"

위서향이 떨리는 손으로 운도의 옷자락을 잡았다. 그와 거의 동시에 이귀율도 불쑥 손을 뻗어 운도의 앞섶을 움켜쥐었다.

그는 저의 부끄러운 꼴을 들켰다는 것과, 중요한 순간에 운도가 끼어들어 훼방을 놓았다는 데에 걷잡을 수 없이 화가 나 있었다.

망설이고 망설이다가 겨우 용기를 내서 그녀를 찾아온 것 아니던가.

"건방진 놈! 감히 나에게 명령하다니!"

운도가 이귀율의 손을 떼어놓으며 말했다.

"여기서 이러지 말고 저쪽으로 갑시다. 다른 사람 눈에라도 띄면 나보다 대사형이 더 낭패일 텐데?"

그리고는 위서향을 돌아보고 마치 그녀의 보호자라도 된 양 의젓하게 말했다.

"사저, 그럼 나는 사형과 함께 산책이라도 할 테니까 사저는 들어가 자도록 해. 늦은 밤에 혼자서 돌아다니면 위험하지 않겠어?"

풍사곡 안에서 그녀를 위험하게 할 게 있을 리 없다. 그러니 그 말은 이귀율을 두고 한 말이 분명했다.

이귀율이 어금니를 악물고 운도를 무섭게 노려보았지만 운도는 태연했다.

"갑시다. 가서 얘기하자니까?"

오히려 이귀율의 옷소매를 이끈다.

그들이 빠른 걸음으로 월동문 밖으로 사라졌다.

그제야 정신을 차린 위서향이 '아!' 하고 놀란 외침을 터뜨렸다. 운도가 위험해질 것이라는 생각에 정신없이 월동문 밖으로 달려나갔는데, 이미 그들은 어디로 갔는지 보이지 않았다.

두리번거리던 위서향이 서쪽의 울창한 단풍나무 숲으로 방향을 잡고 몸을 날렸다.

그녀가 막 숲 어귀에 이르렀을 때, 어둠 속에서 두 사람이 불쑥 나와 앞을 가로막았다.

둘째 사형인 양문창과 셋째인 곽서언이었다.

"하하, 사매는 역시 운치를 아는 아가씨로군. 달밤의 산책을 즐기니 말이야."

곽서언이 너스레를 떨며 다가왔다. 둘째 양문창은 짐짓 모르는 척 그녀를 외면한 채 서 있다.

곽서언이 야릇한 웃음을 흘리며 말했다.

"사매는 우리와 함께 산책을 더 하는 게 좋겠어."

"저리 비켜!"

위서향이 날카롭게 말하지만 곽서언은 빙글빙글 웃기만

했다.

　"네놈이 감히 내 일을 방해한 대가가 어떤 건지 확실히 알게
해줄 테다."
　이귀율이 말을 마치기가 무섭게 불쑥 손을 뻗어 운도의 어
깨를 잡아왔다.
　갈퀴처럼 웅크린 다섯 손가락에서 매서운 바람 소리가 난
다.
　"이런!"
　운도가 급히 몸을 기울이며 주먹을 내질렀다.
　후웅—
　그의 권경을 실은 주먹이 이귀율의 손가락과 부딪칠 것처럼
곧장 뻗어나갔는데, 기세가 사납고 엄중했다.
　부지불식간에 황룡장의 한 초식을 펼친 것이다.
　"흥! 제법이구나."
　이귀율이 코웃음을 치고 그대로 손을 내밀더니 손가락을 떨
쳐 지풍을 쏟아냈다.
　쟁!
　파공성과 함께 교묘하고 날카로운 지력이 거칠 것 없이 권
경 속으로 파고들었다.
　"아!"
　깜짝 놀란 운도가 즉시 황룡장의 신법을 펼쳤다.
　세 번 어지럽게 방향을 바꾸며 오른손을 거두어들이고 왼손

을 뻗어 비스듬히 밀어냈다.

쉬잉, 하고 운도의 장력 뻗어나가는 바람 소리가 날카롭게 울렸다.

이귀율이 다시 한 번 코웃음을 쳤다.

"흥!"

그가 운도의 장력에 아랑곳없이 불쑥 어깨를 내밀었다.

펑!

이귀율의 어깨를 때린 순간 운도는 '억!' 하고 비명을 터뜨리고 말았다.

자신의 힘에 그의 힘까지 더해져 쏟아져 나온 반탄지력을 감당할 수 없었던 것이다.

"우욱!"

가슴이 답답해지고 숨 쉬기가 어려울 만큼 큰 충격을 받은 운도가 신음을 흘리며 튕겨져 나갔다.

휙—

가볍게 뒤쫓아온 이귀율이 다시 주먹을 휘둘렀다.

쾅!

운도의 턱이 홱 돌아갔다.

머릿속이 멍해지는 충격에 제 몸이 돌덩이처럼 나가떨어졌다는 것도 모른다.

"일어나!"

그런 운도를 잡아 일으킨 이귀율이 다시 번개처럼 후려쳤다.

펙, 펙, 하는 소리가 날 때마다 운도의 몸뚱이가 들썩들썩할 정도로 힘있는 주먹질이었다.

이미 이귀율의 반탄지력에 상당한 내상을 입고 충격을 받은 운도로서는 그의 주먹을 피할 수가 없었다.

고스란히 십여 대를 그렇게 얻어맞고 나자 이제는 제가 맞는 것인지 아닌지도 알 수 없을 정도로 온몸의 감각이 무뎌졌다.

의식이 가물거린다.

차라리 기절을 하면 좋을 텐데, 칼끝처럼 날카롭게 파고드는 고통 때문에 그럴 수도 없었다.

이귀율이 마지막으로 발을 번쩍 들어 운도의 복부를 걷어찼다.

"흑!"

운도가 내던져진 것처럼 뒤로 날려가 아름드리 단풍나무 등치에 세게 부딪치고 떨어졌다.

새우처럼 몸을 웅크린 채 엎어져 컥, 컥, 하고 고통스럽게 숨을 몰아쉴 뿐이다.

"흥, 화산파의 진전을 받았다는 놈의 무공이 고작 이것밖에 안 되다니 실망인걸. 너는 멀었다. 십천지주가 되려는 꿈은 일찌감치 포기하는 게 좋겠어. 그런 꼴을 하고 무슨 십천지주가 된단 말이냐?"

고통을 참기 위해 이를 악물고 있는 운도 앞에 버티고 서서 이귀율이 그렇게 비웃었다.

정신이 가물거리는 중에도 운도는 그 비웃음을 똑똑히 들었다.

"다시 한 번 내 일에 훼방을 놓는다면 그때는 네놈의 이 머리통을 부수어 버리고 말 테다. 명심해."

발바닥으로 운도의 머리를 지그시 밟아준 이귀율이 침을 뱉고 성큼성큼 걸어 사라졌다.

그 지독한 모욕에 운도는 고통마저 잊었다.

울컥―

한 모금의 선혈을 토해낸 운도가 이를 악물고 억지로 몸을 일으켰다.

적지 않은 내상을 입은 것이다.

핏발 선 눈으로 두리번거리지만 음침한 단풍나무 숲에는 아무도 없었다.

"끄응―"

힘겹게 일어서자 온몸이 지끈거리고 쑤셔댔다. 뼈마디가 모두 비명을 질러대고 근육들이 아우성을 쳐댄다.

"운도야!"

저쪽에서 위서향이 달려오고 있었다.

운도가 나무를 붙잡고 애써 버티고 섰다. 위서향 앞에서 이런 꼴을 보이게 된 것이 분하고 원통하기만 했다.

"미안해, 미안해."

위서향이 피범벅이 된 운도의 볼을 감싸고 울듯이 말했다.

"대사형이 설마 이런 사람일 줄은 몰랐어. 아버지에게 낱낱이 말씀드리고 말겠어.”

“그럴 필요 없어.”

운도가 머리를 흔들었다. 입 안이 온통 찢어졌고, 피가 한입 가득 고여 있는 탓에 발음이 이상했다.

울컥 또 한 모금의 선혈을 제 앞자락에 쏟아낸 운도가 다시 말했다.

“아무에게도 말하지 마. 이건 나와 대사형과의 문제야.”

“너……?”

“흐흥, 그는 원래 나를 마음에 들어 하지 않았지. 나도 그래. 위 사저의 일과는 상관없어. 그러니 미안해하지 않아도 돼.”

운도가 위서향의 손을 뿌리쳤다.

어떻게 제 거처로 왔는지도 모르게 돌아온 운도는 문지방을 넘어서자마자 그대로 쓰러졌다.

끙끙거리는 신음이 절로 새 나온다.

주먹에 맞고 발에 걷어차인 것쯤은 아무것도 아니었다. 기껏 타박상 정도이니 고통스럽기는 해도 곧 나을 것이다.

그러나 이귀율의 반탄지력에 입은 내상은 그렇지 않았다.

빠드득—

운도가 어둠 속을 노려보며 이를 갈았다.

초식이 아무리 정교하고 수법이 교교하다고 해도 그것에 힘이 실려 있지 않다면 춤을 추는 것과 다름없다는 걸 절실히 느낀다.

역시 내공이 높아야 하는 것이다.

'조금만 기다려라. 반드시 복수하고 말 테다.'

이귀율에 대하여 다시 한 번 그런 모진 마음을 먹을 수밖에 없었다.

처음 풍사곡에 왔을 때에도 그의 비웃음을 받았고, 주먹질을 받았다. 그걸 위서향이 보고 있지 않았던가.

그때의 일에 대한 원한이 아직도 사라지지 않았는데 똑같은 일을 또다시 당했다는 게 분하기 짝이 없었다.

"하나같이 음흉한 인간들이다."

운도가 어금니를 악물고 중얼거렸다.

이미 곡주인 검진삼협 위진평에 대한 인상을 그렇게 받았는데 그의 제자에 대한 인상도 그렇게 굳어진 것이다.

겉으로 보았을 때 이귀율은 예의 바르고 광명정대한 준걸이었다.

백도십천의 제자다웠던 것이다.

그러나 이제 운도는 그의 실체를 '음흉한 인간'이라고 규정하고 있었다. 그게 그의 본래 모습이라는 걸 알아보았다.

운도가 억지로 가부좌를 틀고 앉아 천마심공을 다시 운기하기 시작했다.

잠을 자는 대신 밤새 그렇게 신공을 운용하려는 것이다.

다음날, 운도가 눈을 떴을 때는 해가 이미 높이 떠올랐을 무렵이다.

훌쩍 뛰어 일어서는 운도의 몸이 가뿐했다.

언제 내상을 입었던가 싶을 만큼 기력이 충만해졌고, 활기가 왕성해졌다.

아직 지난밤에 두드려 맞았던 부위가 욱신거리고 아프지만 그까짓 건 염두에 두지도 않았다.

커다란 멍과 부풀어 오른 입술 때문에 얼굴이 흉측해졌어도 개의치 않았다.

배가 고프다는 것도 잊은 채 운도가 화평각의 문을 박차고 밖으로 나갔다.

야무지게 어금니를 악물고 찾아가는 곳은 이귀율의 거처인 서쪽 담장 너머의 웅풍각이었다.

이귀율은 웅풍각의 정원에서 상체를 벌거벗은 채 오전 수련을 하고 있는 중이었다.

검법의 수련을 마치고 권각법의 수련에 열중해 있는 모습이 보기 좋았다.

그는 운도가 정원에 들어와서 저를 지켜보고 있다는 걸 알련만 개의치 않았다.

이귀율이 주먹을 쥐고 허공을 칠 때마다 단단하게 박혀 있는 근육들이 햇빛을 받아 번쩍였고, 수도와 장으로 후려치고 밀어낼 때면 은은한 파공성이 일었으며, 발을 뻗어 허공을 번갈아 걸어차는 몸짓이 아름답기까지 했다.

기력이 충만해 보이고, 수법이 안정되었으며, 넘치는 자신감이 느껴진다.

보는 것만으로도 마음이 통쾌해지는 것이어서 운도는 그가
미운 것과는 상관없이 감탄하지 않을 수 없었다.

제가 저와 같은 수준에 도달하려면 대체 얼마나 더 수련을
해야 할지 알 수 없다. 답답해졌다.

하지만 그렇다고 해서 마음속의 분노가 사라진 건 아니었
다.

'죽을 때 죽더라도 내가 당한 모욕은 되돌려주고 말겠어.'

운도가 매섭게 이귀율을 노려보았다.

권각법의 수련을 마친 이귀율의 몸은 땀으로 흠뻑 젖어 있
었다.

조각처럼 잘 만들어진 근육들이 땀에 젖어 번들거리고, 얼
굴에 홍조가 돌아 더욱 멋있어 보였다.

늠름하고 당당한 청년이면서 고수인 것이다.

"무슨 일이냐?"

이귀율이 수건으로 땀을 닦으며 무심한 얼굴로 물었다.

하지만 운도는 그의 눈에 떠오른 비웃음을 보았다. 경멸과
적개심을 감춘 그런 눈빛이었다.

운도가 주먹을 불끈 쥐고 나섰다.

"다시 해."

"뭐라고?"

"내가 사형에게 졌다는 걸 인정할 수 없어."

"하―"

"분한 일이지만 나의 내공은 아직 사형에게 미치지 못한다

는 걸 인정하지 않을 수 없지. 그러니 사형이 내공을 운용하는 한 나는 사형을 이길 수가 없겠지.”

“그래서?”

“그렇게 해서 이기면 떳떳해? 자랑스러워?”

이귀율이 피식 웃었다. 비웃음이다.

“그러니까 네 말은 내공을 사용하지 않고 초식만으로 겨룬다면 나에게 지지 않을 자신이 있다 이 말이냐?”

“적어도 억울하지는 않겠지.”

“좋다, 너의 솜씨가 어떤지 마음껏 한번 재롱을 떨어봐라.”

수건을 내던지고 나서려던 이귀율이 머리를 갸웃거리더니 손을 내저으며 탄식했다.

“여기서는 안 되겠다. 이따가 삼경 무렵에 어젯밤의 그 단풍나무 숲으로 나와라.”

위서향의 거처에서 조금 떨어진 그곳이 풍사곡 안에서 가장 으슥한 곳이었다.

운도가 고개를 가로저었다.

“그때까지 기다릴 수 없어. 지금 해.”

“여기서 말이냐? 안 된다고 했잖아.”

“아니. 밖에서 하면 되겠지.”

“밖에서?”

“풍사곡 밖 골짜기 중간에 폐허가 된 마을이 있지. 거기라면 누구의 눈에도 띄지 않을 거야.”

“흐흐, 좋은 생각이구나. 거기라면 내가 너를 어떻게 한다고 해도 아무도 알지 못할 테지."

풍사곡 안의 사람들은 함부로 곡 밖으로 나가는 일이 거의 없었다.

곡주가 그런 명령을 내린 건 아니었지만 위진평 자신이 곡 안에서 한 발짝도 나가지 않으니 곡 내의 사람들도 모두 조심했던 것이다.

그러므로 특별한 볼일이 없는 한 십여 명의 문도들은 물론 제자들도 좀체 곡 밖으로 나가지 않았다.

"먼저 가서 기다리고 있겠어."

운도가 찬바람이 일도록 돌아서서 씩씩하게 떠나갔다.

그의 뒷모습을 바라보던 이귀율의 입가에 잔혹한 미소가 떠올랐다.

'이 기회에 저놈을 아예 죽여 버릴까?'

그런 생각이 불쑥 들었던 것이다.

그러나 이내 머리를 흔들었다.

'아직은 아니다. 만약 그렇게 했다가는 사부님의 노여움을 감당할 수 없게 되지.'

제 마음대로 할 수 없다는 게 분했다.

'하지만 언제든 반드시 그럴 기회가 올 것이다. 그때는, 흐흐흐—'

이귀율은 그 기회가 머지않아 찾아올 것이라고 믿었다.

그때가 되면 망설임없이 운도를 죽여 버리겠다고 결심한 그가 천천히 옷을 찾아 입었다.

골짜기 중간의 폐허가 된 마을은 적막 속에 침몰해 있었다.

산 아래의 사람들은 올라올 일이 없으니 얼씬거리지도 않았고, 풍사곡 안의 사람들은 좀체 밖으로 나오지 않았으니 언제나 적막하기만 했다.

낮에는 산짐승들의 놀이터요, 밤에는 귀신들의 거처가 되었던 것이다.

한때는 객잔이었던 을씨년스런 건물의 계단에 앉아서 이귀율을 기다리고 있는 운도의 모습이 마치 작은 짐승 한 마리가 웅크리고 있는 것처럼 보였다.

바람에 마른풀들이 굴러다니고, 찢어진 휘장이 펄럭였다.

텅 빈 거리를 사이에 두고 객잔 맞은편에는 다 쓰러져 가는 삼 층의 누각이 있었다. 찢어진 홍등이 아직도 매달려 흔들리고 있는 것이, 한때는 꽃다운 아가씨들이 가득하던 홍루가 틀림없다.

그러나 그곳 또한 지금은 을씨년스럽기 짝이 없었다.

간드러지는 비파 소리와 웃음이 떠나고 난 뒤에는 음산한 어둠만이 남았을 뿐이다.

그 누각의 삼층 창문이 밖으로 열린 채 바람에 삐걱거리는 소리를 내며 흔들리고 있었다. 그때마다 먼지가 뽀얗게 앉은 붉은 휘장이 펄럭이며 들어왔다 나갔다 한다.

물끄러미 그것을 바라보고 있던 운도가 벌뜩 일어섰다.

저기, 골목의 모퉁이를 돌아 이귀율이 다가오고 있었던 것이다.

　콧노래라도 부르는 듯한 얼굴로 다가온 이귀율이 계단 아래에 버티고 서서 운도를 바라보며 빙글빙글 웃었다.

　"시작해."

　입술을 질끈 물던 운도가 그렇게 말하고 즉시 몸을 던졌다.

　다른 자잘한 말들과 절차 따위는 모두 생략한 채 오직 악에 받친 싸움만을 하려는 것이다.

　"흥!"

　바람처럼 부딪쳐 오는 운도를 본 이귀율이 코웃음을 쳤다.

　핑—

　운도의 발길질이 매서운 소리를 내며 스쳐 지나갔다.

　슬쩍 몸을 기울여 첫 공세를 피한 이귀율이 성큼 크게 발을 내디디며 두 손을 좌우로 흔들었다.

　퍽, 퍽, 하는 소리가 몇 번 터져 나왔다.

　운도의 독기를 품은 주먹질이 이귀율의 팔뚝에 가로막히는 소리였다.

　운도는 이를 악문 채 거친 숨을 씩씩거렸다. 이귀율은 여전히 느끼한 비웃음을 띠고 있었다. 한 손을 등 뒤에 감춘 채 한 손만으로 운도의 번개처럼 오가는 손발을 척척 막아내고 있다.

　누가 보든 어린아이가 어른에게 대드는 꼴이었다.

　운도가 아무리 황룡장법을 쏟아내도 그게 이귀율에게 통할 리가 없다.

“기다려 봐. 할 말이 있다.”

다시 운도의 주먹을 쳐내며 이귀율이 느긋한 얼굴로 말했다.

“말해!”

운도는 여전히 주먹을 내뻗고 발을 들어 걸어찼지만 이귀율을 한 발짝도 물러서게 할 수가 없었다.

부웅—

운도의 발길질이 목을 휘감아오자 이귀율이 한 걸음 성큼 내디디며 몸을 붙였다.

상대의 발을 어깨에 걸치더니 몸을 틀어 가볍게 밀어낸다.

그 한 수에 운도는 맥없이 나가떨어져 엉덩방아를 찧고 말았다.

이귀율이 흙을 차서 운도에게 끼얹으며 비웃었다.

“내가 도대체 왜 이런 한심한 짓을 해야 하는 건지 모르겠다. 너는 내가 죽이고 싶도록 밉겠지. 나에게 얻어맞은 게 분하고 원통하겠지. 그래서 이렇게 악바리처럼 대들지만 나에게는 한심하고 따분하기만 한 일이다. 네까짓 놈을 죽이려면 한 번 손을 쓰는 것만으로도 충분하고 남을 텐데 말이다.”

“마음대로 되지 않을걸?”

운도가 벌떡 뛰어 일어서며 악을 쓰지만 이귀율은 눈 하나 깜짝하지 않았다.

“나도 네가 처음부터 마음에 들지 않았다. 게다가 위 사매와 나와의 사이를 갈라놓았으니 오히려 원한은 내가 더 깊다고 해야겠지."

"터무니없는 소리!"

잠시 운도를 노려보던 이귀율이 얼굴마저 싸늘하게 굳히고 다시 말했다.

"이렇게 하자."

그가 한 발을 쭉 뻗더니 발끝으로 원을 그렸다. 제 몸을 중심으로 해서 마른땅 위에 원 하나를 새긴 것이다.

"보름의 시간을 주지. 그 안에 나를 이 밖으로 밀어낸다면 네가 이긴 것이다. 그러면 사매를 깨끗이 단념하고 너에게 양보해 주겠다. 하지만 그렇게 하지 못하면……."

"그렇게 하지 못하면?"

이귀율이 잠시 무섭게 운도를 노려보았다.

죽여야 할지 말지 생각하는 것 같기도 하고, 망설이는 것 같기도 했다.

휴, 하고 한숨을 내쉰 이귀율이 크게 선심을 쓴다는 듯이 말했다.

"네가 보름 안에 나를 이 원 밖으로 밀어내지 못하면 너는 그 즉시 이곳을 떠나라. 누구에게 말할 필요도 없어. 그리고 다시는 돌아오지 않는 것이다. 어때? 이만하면 내가 크게 선심을 쓴 것이라고 생각하지 않느냐?"

"좋아!"

운도가 커다랗게 대답했다.

이곳을 떠난다는 건 곧 십천의 무예를 포기한다는 것이고,

당연히 십천지주의 후보 자격도 버린다는 것이다.

그러나 운도는 그런 것에 연연해하지 않았다.

이귀율이 음침한 눈으로 운도를 뚫어지게 바라보며 웃었다.

"흐흐― 남아일언 중천금이다. 잊지 마라."

*   *   *

"뭐야, 꼴이 왜 이 모양이지?"

운도를 본 쾌도왕이 당장 얼굴을 붉히고 거친 숨을 씩씩거렸다.

"어떤 놈이 너를 이렇게 한 거야?"

도마에 꽂혀 있던 절삭도를 집어든다.

운도의 꼴은 누가 보아도 심하게 당했다는 걸 알 수 있을 정도였다.

입술이 찢어져 핏자국이 남았으며 부어올랐고, 옷이 온통 더러워져 있었던 것이다.

운도가 피식 웃었다.

"별거 아니야. 그냥 넘어졌을 뿐이니까 걱정하지 마."

"흥, 다 큰 놈이 넘어졌다는 것도 그렇고, 더욱이 무공을 배우는 놈이 그랬다고 하면 지나가던 개가 웃겠다."

"사실은 싸웠어."

"그것 봐. 어떤 놈인지 말해라. 내가 그냥……"

절삭도를 쥔 손아귀에 힘줄이 울퉁불퉁 튀어나왔다.

누구인지 알면 당장 쫓아가서 고기를 자르듯이 토막 쳐버리겠다는 기세라 운도는 어이가 없었다.

"그만둬. 내 일이니까 내가 알아서 할 거야."

"정말 괜찮은 거냐?"

"괜찮다니까? 믿지 못하겠으면 보여줄게. 이리 줘봐."

쾌도왕의 손에서 절삭도를 빼앗은 운도가 그것을 힘차게 내려쳤다.

쾅!

도마에 놓여 있던 돼지 다리 한 짝이 뼈와 함께 단번에 두 쪽이 났다.

쾌도왕이 눈을 크게 떴다.

무서운 힘으로 내려쳤던 칼이 도마 위에 딱 멎어 있었던 것이다.

살과 뼈를 단번에 가른 힘을 한순간에 흩쳐 버렸으니 쾌도왕은 물론 운도 자신도 깜짝 놀랄 수밖에 없는 일이었다.

"어떻게 한 거냐? 그새 비결을 몸에 익혔구나?"

쾌도왕이 눈을 끔벅이며 믿지 못하겠다는 듯 다시 칼을 보고 도마를 보았다.

운도 역시 제가 그렇게 했다는 게 어리둥절하기만 했다.

그는 다만 제 상태가 여전하다는 걸 보여주기 위해서 절삭도를 내려쳐 보였을 뿐이다.

단번에 고기의 살과 뼈를 쪼갤 작정을 했지만 칼날이 도마의 면 위에서 이처럼 딱 멎게 할 생각은 전혀 없었다.

그럴 자신도 없는 것이다.

그런데 결과는 그렇게 되었으니 놀라지 않을 수 없다.

"우허허허— 너는 과연 타고난 놈인가 보다. 비결을 가르쳐 준 지 며칠밖에 지나지 않았는데 벌써 그걸 터득했으니 말이 야. 남들은 평생 골을 싸매고 궁리해도 될까 말까 한 일이란 말이다. 우허허허—"

쾌도왕이 운도의 어깨를 두드리며 오란스럽게 웃어댔다.

"아무래도 너는 내 뒤를 이어서 푸줏간을 혀야 할 운명인가 보다. 곧 나보다 더 뛰어난 칼솜씨를 갖게 되겠는걸?"

쾌도왕이 호들갑을 떨지만 운도는 제 생각에 깊이 빠져 있 느라고 한 마디도 알아듣지 못했다.

'뭘까? 무엇이 이 일을 가능하게 했던 걸까?

그날 오후 내내 쾌도왕의 일을 도와 칼질을 하면서도 운도 의 머릿속에서는 그 생각이 떠나지 않았다.

몇 번이나 다시 해보았지만 이후로는 그렇게 할 수가 없었 다. 그래서 실망하는 운도를 쾌도왕이 위로했다.

"이제 기다리면 된다. 조급해할 것 없어."

"그냥 기다리라고? 칼이 저절로 그렇게 해줄 때까지?"

"그렇지. 바로 그거야. 너는 이미 비결을 알았고, 또 어떻게 해야 그걸 칼을 통해 나타내는 건지도 알게 되었다."

"그냥 우연이었을지도 모르잖아. 그렇지 않으면 왜 다시 되 지 않는 거겠어?"

"그런 우연은 없어."

단호하게 말한 쾌도왕이 머리를 갸웃거렸다.

"뭐라고 해야 할지 모르지만 네 몸은 그 칼질의 비결을 기억하고 있다. 그게 자연스럽게 밖으로 나오려면 기다릴 수밖에 없어. 억지로 하려고 하면 오히려 네 몸이 헷갈리게 될 거다. 그러면 정말로 다시는 그렇게 할 수 없게 될지도 몰라."

"그렇게 하겠다는 생각을 버리라는 것이로군? 본능이 자연스럽게 그것을 드러내도록 놔두라는 거지?"

"바로 그거야!"

쾌도왕이 제 이마를 쳤다.

"역시 너는 나보다 열 배, 아니, 백 배는 더 똑똑하구나. 우허허허—"

쾌도왕이 호탕하게 웃고 나서 운도의 손에서 칼을 빼앗았다.

第二章
비무(比武) 아닌 비무(比武)

마룡의
후예

‘그게 무엇이었을까?

풍사곡으로 돌아와서도 운도는 내내 그 생각만 했다.

한순간에 저를 지배했던 그 감정을 되살리기 위해 애썼다.

저녁을 먹으러 가지도 않고 자신의 거처인 화평각에 혼자 우두커니 앉아 허공만 바라보고 있는 운도는 마치 넋이 나간 사람 같았다.

‘나는 다만 나의 무사함을 쾌도왕에게 보여주고 싶었을 뿐, 고기를 자르고 뼈를 자르겠다는 생각은 조금도 없었다.’

그것이 그 일을 가능하게 해주었던 것인지도 모른다고 생각하자 조금은 길이 보이는 것 같기도 했다.

“여기서 뭘 하고 있는 거야?”

불쑥 들려온 낭랑한 음성이 운도의 상념을 깨뜨렸다.

청향 비구니였다.

그녀가 문 앞에 서서 샐쭉한 눈으로 운도를 흘겨보고 있었다.

"왜 저녁 먹으러 오지도 않았어? 굶어 죽으려고?"

"쳇, 귀찮게 하지 말고 가줄래?"

"싫다면?"

"……."

"너 요즘 이상해졌어. 왜 자꾸 날 피하는 거지?"

"그냥."

운도의 심드렁한 대꾸에 청향의 눈매가 날카로워졌다.

주위를 두리번거린 그녀가 성큼 몇 걸음 다가서며 목소리를 낮추어서 말했다.

"다 알아."

"뭘?"

"흥! 위 언니 때문에 그러는 거지? 그 일 때문이야. 그래서 나를 피하는 거지?"

"뭐라고?"

"그날, 너와 내가 손잡고 오다가 위 언니에게 들켰잖아. 그 뒤로부터 위 언니도 그렇고 너도 그렇고 다들 이상해졌어. 흥, 내가 모를 줄 알아?"

"쓸데없는 소리 하려거든 가."

운도가 청향을 멀리하는 건 꼭 그런 이유 때문만은 아니었다.

그녀가 비밀로 하기로 해놓고서 백풍산 등에게 쾌도왕의 일을 말해 버렸다는 게 서운해서였다.

게다가 청향이 말한 '그 일' 이후 확실히 위서향의 태도가 냉랭해졌다.

그런 것들을 생각하자 운도는 청향에 대한 미운 마음이 들어서 그녀의 얼굴을 보고 싶지도 않았다.

운도가 쌀쌀맞게 돌아앉아 버리자 청향이 울 듯한 얼굴을 했다.

"너는 왜 나를 미워하는 거야? 내가 언제 너를 못살게 한 적 있어?"

"너하고 나하고는 어울릴 수 없어."

"왜? 어째서? 위 언니 때문에?"

"바보야!"

운도가 버럭 소리쳤다.

그녀가 자꾸만 위서향을 언급하는 게 싫었다.

자조적인 심정이 된 운도가 내던지듯이 말을 뱉어냈다.

"너는 아미파의 비구니이고, 나는 근본도 확실치 않은데다가 무공도 형편없는 그저 그런 놈이잖아! 나와 어울리는 걸 알면 네 사부님이 화를 낼걸? 다른 사람들도 나를 욕할 거야. 비구니를 넘보는 못된 놈이라고. 여기서 쫓겨날지도 몰라. 네가 바라는 게 그거냐?"

"너, 너……."

청향이 기가 막힌다는 듯 멍한 얼굴로 그를 바라보았다.

“너하고 나는 그냥 십천의 무공을 배우기 위해 여기에 온 사람들이고, 경쟁자이기도 한 거야. 친해지면 오히려 불리할 수 있어.”

“이… 바보……. 누가 너한테 그런… 그런 생각을 가졌대? 나는 그냥…….”

청향이 울먹였다. 잿빛 승복 자락을 들어 눈물을 닦아내더니 이내 표정이 바뀌어 매섭게 운도를 노려본다.

“흥! 다시는 네까짓 녀석 아는 체도 하지 않을 거야! 바보! 멍청이!”

빽 소리친 청향이 혀를 내밀어 보이고는 뒤도 돌아보지 않고 달려갔다.

정작 청향이 그렇게 사라져 버리자 운도는 마음이 허전해졌다.

이 넓은 화평각에 저 혼자 있다는 걸 비로소 깨달은 사람처럼 주위를 두리번거리더니 ‘휴—’ 하고 길게 한숨을 내쉰다.

“무정무한이라는 사부님의 말이 백 번 옳은 말이었어.”

불쑥 사부의 그 말이 떠올라 중얼거리자 마음이 더 심란해졌다.

다시 한 번 한숨을 내쉰 운도가 몸을 일으켰다.

산책이라도 하면서 싱숭생숭해진 마음을 달래려는 것이다.

달빛이 환한 밤이었다.

화평각에 딸려 있는 정원을 서성이던 운도는 그곳을 나와 발길 내키는 대로 천천히 걷기 시작했다.

어느덧 그는 위서향의 거처인 화정각으로 향하고 있었다. 자신도 모르는 사이에 그렇게 된 것이다.

작은 담을 돌아 앞에 활짝 열려 있는 월동문을 보고서야 운도는 '아!' 하고 놀람의 탄성을 지르그 우뚝 겸추어 섰다.

제가 화정각에 왔다는 걸 비로소 알고 당황하는데, 월동문 안으로 한 사람의 모습이 보였다.

옆모습을 보이며 달빛을 가득 받고 연못가에 서 있는 사람은 바로 위서향이었다.

'위 누나도 잠을 이루지 못하고 있었구나.'

잠시 멍하니 그녀를 바라보던 운도가 낮게 탄식하고 돌아섰을 때다.

"이곳까지 왔으면서 그냥 갈 거니?"

불쑥 위서향의 음성이 들려왔으므로 운도는 깜짝 놀랐다.

그녀가 이쪽으로 돌아서 있었다.

월동문 앞에 어정쩡하게 서 있는 은도를 바라보더니 손짓을 해 부른다.

운도는 홀린 듯이 그녀를 향해 주춤주춤 걸음을 옮겼다.

가까이 다가온 운도를 본 위서향이 깜짝 놀라 눈을 크게 떴다.

"너, 얼굴이 왜 그 모양이야? 누구에게 맞았구나? 설마 또……"

"위 사저가 생각하는 그런 건 아니니까 걱정할 것 없어."
"안 되겠다. 아무래도 아버님께 말씀을 드려야겠어."
"흥, 다 알고 계실 텐데 뭐."
"뭐라고?"
"곡주님은 좌시천리(坐視千里)하는 신통한 능력을 가지고 있는 분이잖아. 벌써 다 알고 계실 거야. 그러면서도 짐짓 모른 척하고 계실 뿐이지. 그러니 말해봐야 소용없을걸."
운도의 말에서 그의 심정이 단단히 비뚤어져 있다는 걸 느낀 위서향이 심각한 얼굴을 했다.
"그 얼굴 때문에 오후 연무에도 나오지 않았고 저녁도 먹으러 오지 않았구나?"
"내 이런 꼴을 보면 다들 속으로 통쾌해하지 않겠어? 그들이 좋아할 짓을 내가 왜 해?"
"운도야!"
위서향이 꾸짖듯이 그를 불렀다.
한동안 물끄러미 바라보더니 한숨을 쉰다.
"요즘은 너와 통 이야기를 할 기회가 없었구나. 좀 더 많은 말을 나누었더라면 이런 일을 사전에 막았을 수도 있었을 텐데……."
운도가 입을 삐죽 내밀었다. 그녀의 눈길을 피해 연못을 내려다보고, 위서향도 그랬다.
맑은 연못물에 달이 비쳐 어른거리고 있었다.
무엇을 생각하는지 침묵을 지키고 있던 위서향이 다시 낮게 한숨을 쉬고 나서 물었다.

"너는 지금도 쾌도왕이라는 사람의 푸줏간에 가고 있지?"

"응."

"그 사람은 특이하더구나. 한 번 보았을 뿐인데도 왠지 기억에 남아."

"못생겼잖아."

퉁명스런 운도의 말에 위서향이 낮게 웃었다.

그녀의 희미한 웃음소리가 비수처럼 아프게 가슴을 찌르는 것이어서 운도는 급히 고개를 숙였다.

제 발과 위서향의 발이 나란히 있는 걸 보며 이렇게 밤이 새도록 그녀와 함께 서 있었으면 좋겠다는 엉뚱한 생각을 했다.

그리고 그런 제 마음이 들킬까 봐 더 볼을 부풀리고 입을 삐죽거린다.

"그 사람에게서 고기 써는 법을 배운다면서? 너는 장차 푸줏간 일을 하며 살 생각이니?"

그녀의 말에 운도가 잔뜩 낯을 찌푸렸다.

'청향 그 얄미운 것이 또 방정맞게 입을 놀렸구나.'

청향 비구니에 대한 원망이 생기는데, 그런 운도의 마음속을 들여다보기라도 한 것처럼 위서향이 다시 말했다.

어딘지 쓸쓸한 기색이 실려 있는 음성이었다.

"조금 전에 청향이 화평각으로 가는 걸 봤어. 만나보았니?"

그 말은 그녀 또한 화평각으로 가려고 했다는 걸 의미했다. 가는 중에 청향을 보았고, 그래서 슬그머니 돌아섰으리라. 그 말을 하는 것이다.

하지만 운도는 아직 아가씨의 말속에 감추어져 있는 미묘한 의미를 알아챌 만큼 능숙하지 못했다.

"청향 얘기는 꺼내지도 마."

운도가 신경질적으로 말했으므로 위서향이 깜짝 놀라 그를 돌아보았다.

"다시는 상대하지 않을 거야. 그 작은 비구니는 아주 사람을 짜증나게 해."

그 말에 위서향의 얼굴에 보일 듯 말 듯 안도의 미소가 스쳐 갔다.

"그렇지 않아. 청향은 단지 너와 가깝게 지내고 싶어 하는 것뿐이란다."

"아, 나는 그럴 생각이 조금도 없어."

운도의 퉁명스런 말에 위서향의 눈빛이 반짝였다. 기뻐하는 것 같지만 운도는 그것을 보지 못했다.

위서향이 따뜻한 눈길로 운도를 바라보며 다시 말했다.

"청향은 아미산에서만 자랐기에 아직 세상을 모르고, 남녀 간의 감정에 대해서도 알지 못해. 너에게 호감을 가지고 있으니 네가 잘 이끌어주어야 할 거야. 그렇지 않으면 그녀의 마음에 상처를 남기게 될걸?"

"쳇, 상처는 무슨……."

운도가 볼멘소리를 했다.

위서향이 저의 이야기를 해주었으면 하고 바랐는데 자꾸 청향에 대한 이야기만 하니 그렇다.

이처럼 호젓하게 둘이서만 있을 수 있는 시간을 언제 또 가져볼 것인가.

이 귀한 시간을 엉뚱하게도 청향에 대한 이야기로 채워 나간다는 게 여간 불만이지 않을 수 없다.

운도는 위서향이 변했다는 걸 느낄 수 있었다.

처음 화평각으로 저를 찾아왔을 때의 그녀는 활달하고 자신만만했었다.

그런데 지금의 그녀는 어딘지 의기소침해져 있었다. 우울해 보이기도 한다.

운도는 그게 '아가씨의 변덕인가?' 하고 생각했지만 석연치 않았다.

위서향이 다시 말했다.

"대사형도 그래. 그는 마음이 원래 그렇게 강퍅한 사람이 아니란다. 하지만 지금은 많이 달라졌지. 거기에는 이유가 있어. 그러니 네가 그의 심정을 이해해 주어야 해."

"내가 왜?"

"생각해 보렴. 그는 지금 당장 강호에 나가도 부족함이 없을 고수란다. 후기지수 중 으뜸이라는 명예를 넘볼 만하지. 아버지의 진전을 열에 일고여덟은 물려받았으니 강호의 경험을 몇 년 쌓으면 절정고수의 반열에도 들 수 있을 거야. 하지만 오랜 세월 동안 아버지의 명에 의해 풍사곡에 갇혀 있다시피 했지. 그러니 얼마나 답답하겠어?"

운도는 그럴 만하다고 생각했다. 하지만 그것만으로 그에 대한 미움이 사라질 수는 없다.

"더구나 그는 나를, 나를……."

위서향이 차마 말을 하지 못하고 얼굴을 붉혔다.

한참을 머뭇거리더니 겨우 말한다.

"하지만 나는 그를 받아들일 수 없어. 어렸을 때는 그렇지 않았는데, 지금은 그가 징그럽게만 여겨지지 뭐니? 이래서 여자의 마음은 알 수 없다고 하는 건가 봐."

말을 마친 그녀가 한숨을 쉬더니 그윽한 눈길로 건너다보았다. 운도는 그녀의 눈길에 가슴이 쿵쾅거리고 뛰었다.

하지만 어찌 위서향에게 제 마음을 말할 수 있을 것인가.

'위 누이는 감히 내가 넘볼 수 없는 사람이다. 게다가 그녀의 속마음을 알 수가 없다. 어떨 때는 지극히 쌀쌀맞게 굴다가 또 지금은 이렇게 부드럽게 대하니 어지럽기만 하구나. 어쩌면 그녀도 위 곡주를 닮아서 음흉한 건지도 모르지. 그러니 역시 나는 무정한 마음을 지키는 게 좋겠다. 무정무한인 거야.'

애써 그렇게 생각하지만 마음은 천근만근 무겁기만 했다.

"가겠어."

운도가 머뭇거리다가 그렇게 말하자 위서향이 무언가 할 말이 있는 것처럼 망설였다.

하지만 그녀는 끝내 한숨만 내쉬었을 뿐이다.

"그래, 너무 늦었다. 돌아가서 푹 자."

말없이 돌아서서 달빛을 받으며 느릿느릿 멀어지는 운도의 뒷모습을 멍하니 바라보던 그녀가 다시 한숨을 내쉬었다.

　다음날부터 운도를 비롯한 모두는 위진평의 검법을 본격적으로 배우기 시작했다.
　드디어 세상을 놀라게 했던 검진삼협 위진평의 척사검법을 배울 수 있게 되었다는 생각에 모두는 들떠 있었다.
　위진평이 검법을 처음부터 끝까지 한차례 펼쳐 보였다.
　내공의 운기 없이 초식을 보여주는 것뿐이었지만 그것만으로도 척사검법이 가지고 있는 웅장한 뜻과 날카로움을 충분히 느낄 수 있었다.
　그것은 궤계가 조금도 들어 있지 않은 당당하고 광명정대한 검법이었다. 백도의 정순한 검법이라면 저와 같아야 할 것이라는 생각이 절로 든다.
　그런 한편, 어떻게 저런 검법으로 세상을 놀라게 했을까 하는 의문이 들기도 했다.
　어지러운 변식도 거의 없고, 신랄하고 냉혹한 살기도 배제된 것이어서 어찌 보면 단순해 보이는 검로를 가지고 있었던 것이다.
　그러나 그 척사검법이야말로 검진삼협 위진평이라는 이름을 만천하에 알려준 절정의 검법이었다.
　그 검법과 신공만으로 위진평은 당당히 백도십천의 천주 중 한 사람으로 군림하지 않았던가.
　검법의 시범을 마친 위진평이 근엄한 얼굴로 모두에게 말했다.

"나의 검법은 광명함이 근본이고 무거움이 요체다. 무변으로 온갖 잡다한 변화를 누르고, 느림으로 쾌속함을 이기며, 단순함으로 기기묘묘함을 물리친다. 백문 백파의 검법이 하나같이 추구하는 현란함을 헛되게 하는 비결이 어디에 있겠느냐?"

"……"

"바로 그것을 찾아내야만 나의 검법을 완전히 배웠다고 할 수 있을 것이다. 그러기 위해서는 자질 외에 각자의 천품과 노력이 더 필요하겠지. 아무리 자질이 뛰어나도 천품이 바르지 못하면 검의에 통할 수 없고, 노력이 부족하면 궁극에 이를 수 없느니라."

말을 하면서 의식적인 듯 운도를 힐끗 바라보았는데, 그때의 위진평은 근엄함이 지나쳐 무섭게 보이기까지 했다.

"너희가 이곳에 와 머문 지도 어느덧 다섯 달이 지났다. 이제 남은 기한은 일곱 달. 짧다고 여길지 모르겠으나 그동안 황룡장의 연마에 충실했다면 나의 척사검법을 익히기에 충분한 시간이다."

그가 잠시 침묵하며 무엇을 생각하더니 가볍게 탄식하고 나서 다시 말했다.

"십천의 후예들 중 아둔한 자는 한 명도 없을 터. 나는 일곱 달이 지나기 전에 너희들이 척사검법을 십성 깨우칠 것이라고 믿는다."

말을 마친 위진평이 모두를 차례차례 바라보고 돌아섰다.

첫날의 수업은 그렇게 위진평의 시범을 한차례 보고 그의 말을 듣는 것으로 끝났다.

잔뜩 무엇인가를 기대하고 있던 사람들에게는 맥이 빠지는 일이 아닐 수 없었지만 운도에게는 고마운 일이었다.

그는 벌써부터 쾌도왕의 푸줏간을 생각하고 있었던 것이다.

제가 지난밤에 느꼈던 그것을 확인하 보고 싶어서였다.

다시 절삭도를 쥐고 어제처럼 해 보일 수 있을지 없을지 궁금해서 안달이 났다.

그리고 그전에 해야 할 일도 있지 않은가.

지난밤 내내 생각해 둔 게 있었다.

황룡장법으로 이귀율을 상대한다는 건 어리석기 짝이 없는 일이다. 그래서 운도는 밤새 아미파의 천수불장을 연습했다.

이귀율의 움직임을 머릿속에 떠올리며 허공을 치고 때리는 연습을 계속했다.

운도가 오늘은 다를 거라고 단단히 벼르면서 폐허의 마을에 도착했을 때 이귀율은 이미 와서 기다리고 있었다.

어제 제가 그려놓은 원 복판에 우뚝 서서 무심한 얼굴로 바라본다.

“시작해.”

비웃음이 담긴 음성.

이 시간이 따분하다는 것 같기도 하고, 운도가 한심하다는 것 같기도 한 눈길.

그것이 저에 대한 경멸이라는 걸 안 운도가 이를 악물었다.

원 밖을 맴돌며 기회를 노리던 그가 '이얏!' 하는 기합성과 함께 미끄러지듯 쳐들어갔다.

위잉—

옷자락에서 매서운 바람 소리가 났다.

두 주먹이 번갈아 뻗어나가는 건 아미파의 천수불장 수법이었다.

근접한 거리에서의 박투에 그 어떤 문파보다 치열하고 치밀한 비법을 자랑하는 게 아미파 무술의 특징이다.

천수불장은 난타(亂打)라고도 하는 아미파 박투술의 정수라고 해도 좋을 수법이었다.

운도는 이미 그것의 투로를 청향 비구니와 다름없이 익혔고, 나름대로 그 안의 비결들에까지 통하고 있었다.

비록 내공이 실리지 않은 주먹질이고 장법이었지만 충분히 위협적인 기세를 싣고 있다.

몇 번 몸을 틀고 고개를 기울여 운도의 소나기 퍼붓듯 하는 주먹과 장을 피한 이귀율이 느끼한 비웃음을 흘렸다.

"흥, 고작 아미파의 천수불장이냐? 하긴, 황룡장으로 나와 싸우는 건 바보 같은 짓이지."

운도의 눈빛이 더욱 매서워졌다. 이를 악문 것이 사생결단을 내고야 말겠다는 사람 같다.

세상에서 아미파의 무공을 비웃을 자는 아무도 없다. 하지만 이귀율은 천수불장을 비웃었다.

운도는 그것이 저에 대한 비웃음이라는 걸 즉각 느꼈다.

수법이 아니라 그것을 펼치는 자의 어색한 솜씨를 비웃는 것이다.

그리고 이귀율에게는 그럴 만한 자격이 충분히 있었다.

운도가 악에 받쳐서 나한승풍(羅漢乘風)이라는 무겁고 위력적인 초식을 펼쳤다.

후려치고 곧게 뻗어내는 주먹에서 웅웅거리는 웅장한 바람 소리가 났다.

천수불장의 투로가 잘 살아 있으면서 기력이 충실하고, 치고 거두는 때와 끊고 이어가는 변화의 맥점이 초식의 비결을 그대로 따르는 훌륭한 솜씨였다.

아미파에서 절기를 오랫동안 수련한 노련한 비구니의 솜씨라고 해도 부족하지 않을 것이다.

이귀율의 눈에 처음으로 놀랐다는 듯한 이채가 떠올랐다.

"흥, 제법이군."

그가 비로소 뒷짐을 지고 있던 손을 내밀었다.

재빨리 장을 뿌려 운도의 공세를 막고 쳐내는데 운도로서는 처음 보는 수법이었다.

정신없이 공격하는 중에도 운도는 이귀율의 그 수법을 관찰했다.

그것은 엄밀한 수세 속에 날카로운 변화를 감추고 있는 음흉한 수법이었다.

언제든 손목을 뒤집거나 손가락을 튕겨내기만 하면 수세가 즉각 공세로 돌변할 수 있는 정교함을 가지고 있었다.

검진삼협 위진평의 절기 중 하나인 풍사천벽(楓沙天壁)이라
는 장법인데, 어디까지나 자신의 몸을 지키기 위한 수비식만
있는 것처럼 보이는 온화한 수법이었다.

그 엄밀한 수비의 벽을 뚫을 수 있는 권장법은 존재하지 않
을 것 같다.

그러니 나를 보호한다는 정통 무학의 이론에 충실한 장법이
틀림없었다.

하지만 그 안에는 비수처럼 음흉한 암수가 수없이 감추어져
있었다.

시전자가 독한 마음만 먹으면 상대는 꼼짝없이 암수에 걸릴
수밖에 없는 지독한 장법이었던 것이다.

넓은 길 곳곳에 보이지 않는 함정을 파놓은 것과 다름없다.

운도는 아직 그러한 부분까지 한눈에 꿰뚫어 볼 수는 없었
다.

다만 이귀율의 그 엄밀한 수비의 수법에 놀라고 당황하면서
더욱 그것을 눈여겨볼 뿐이다.

이귀율은 원의 중심에서 한 발짝도 물러서지 않았다.

운도는 저의 천수불장으로는 이귀율을 물러서게 할 수 없다
는 걸 알았다.

천수불장이 아미파의 상승 절학이었지만 이귀율의 수법에
비해서 한참 부족한 것처럼 여겨지니 의아하기도 했다.

"내가 이게 뭐 하고 있는 짓이람."

십여 초가 물 흐르듯 지나자 이귀율이 짜증을 내고 불쑥 손을 뻗더니 그대로 운도의 손목을 낚아챘다.

운도는 그의 갈퀴 같은 손가락이 제 손목에 걸쳐지는 걸 눈을 부릅뜨고 보면서도 피하거나 뿌리칠 수 없었다.

천수불장의 벼락같은 공세를 가볍게 뚫고 들어오는 그 교묘한 수법에 가슴이 철렁해진다.

이귀율이 드디어 참지 못하고 풍사천벽의 수비 수법 속에 감추어져 있던 변식 하나를 불쑥 꺼내 보인 것이다.

뿌드득—

운도의 손목이 비틀렸다.

이귀율이 손에 조금만 더 힘을 주었더라면 그대로 부러져 버리고 말았을 것이다.

그렇게 되지는 않았지만 그래도 뼈가 어긋나고 비틀리는 고통은 끔찍한 것이었다.

"아악!"

운도가 저도 모르게 비명을 질렀고, 이구율의 주먹이 연이어 운도의 온몸을 두드려 댔다.

미처 물러설 새도 없이 번개처럼 날아와 처박히는 무지막지한 주먹질이었다.

퍼퍼퍼퍽—

그것이 운도의 몸을 이리저리 들썩이게 했다. 지독하게 빠른 연환격이었다.

빠악!

마지막은 발길질이 장식했다.

이귀율이 슬쩍 몸을 기울이며 휘둘러 찬 발에 목덜미를 세차게 가격당한 운도가 비명도 지르지 못하고 허공을 날아 저만큼 떨어진 곳에 처박혔다.

온몸의 뼈마디가 모조리 어긋난 것 같은 지독한 고통 때문에 이리저리 뒹굴며 끙끙거리는 신음을 흘려대는 모습이 비참하기 짝이 없었다.

이귀율이 옷자락에 묻은 먼지를 털며 원 밖으로 걸어나왔다.

"첫 번째 날이다. 이제 열네 번 남았다는 걸 명심해 둬."

쯧쯧, 하고 혀를 차더니 다시 말했다.

"이래서야 보름이라는 기간이 무슨 의미가 있겠어? 아무튼 나와 한 약속이나 잊지 말아라."

끙끙거리는 운도의 머리통을 툭툭 찬 이귀율이 돌아섰다.

운도의 고통에 아랑곳없이 성큼성큼 떠나간다.

운도는 분했다. 그래서 맨땅에 얼굴을 문질러 가면서 눈물을 쏟아냈다.

이를 악물고 신음과 흐느낌을 참느라고 얼굴이 온통 불에 달구어진 것처럼 새빨개졌다.

'내가 고작 이런 모욕이나 당하고 살아야 한단 말이냐?'

그런 생각은 곧, '반드시 갚아주고 말 테다!' 하는 지독한 오기를 불러일으켰다.

'하지만 어떻게?'

마음속에 슬그머니 고개를 쳐드는 절망감을 머리를 흔들어 털어냈다.

지금은 이렇게 당할 수밖에 없지만 언젠가는 반드시 이귀율을 뛰어넘고 풍사곡의 모든 사람을 뚜어넘고야 말겠다는 각오를 했을 때다.

"쯧쯧, 애초에 계란으로 바위를 치는 어리석은 짓은 하지 말았어야지. 그게 제 몸을 지키는 비결임을 모르고 있단 말이냐?"

엉뚱한 곳에서 엉뚱한 소리가 들려왔다.

놀란 운도가 가까스로 신음을 참으며 일어나 앉았다.

두리번거리자니 다시 그 음성이 들려왔다. 머리 위에서였다.

"죽지 않은 걸 다행으로 여겨. 그 녀석이 보기보다 인내심이 많군그래."

이귀율을 말하는 것이다.

한주먹에 때려죽일 수도 있었을 거라는 말이기도 하다.

운도가 이를 악물고 바라보는 곳에 낯익은 얼굴 하나가 삐죽 나와 있었다.

거리 맞은편의 누각 삼층 창문이었다.

"어?"

운도는 꾀죄죄하고 주름살 늘어진 그 얼굴을 기억하고 있었다.

얼마 전, 풍사곡 아래의 골짜기에서 늑대에게 물려 죽을 뻔했던 바로 그 노인이었던 것이다.

약초 캐는 사람이라고 했는데, 이름은 모른다.

스스로를 무명노(無名老)라고 했으므로 그렇게만 기억하고 있을 뿐이다.

그 무명노의 쪼글쪼글한 얼굴이 창문 안으로 쏙 들어갔다. 그리고 잠시 후에 천천히 낡은 삼층 누각 밖으로 걸어나왔다.

여전히 약초를 담는 커다란 바랑 하나를 짊어졌고, 손에는 지팡이를 짚고 있었다.

무명노가 한쪽 다리를 조금씩 절며 느릿느릿 다가왔다.

아마도 그때 늑대에게 깊이 물렸던 상처가 아직 다 낫지 않은 모양이었다.

"어디 보자."

쪼그리고 앉은 노인이 여기저기 운도의 몸을 살펴보더니 눈살을 찌푸렸다.

"잘못했으면 팔목이 부러질 뻔했다. 쯧쯧, 너처럼 사서 고생하는 어리석은 녀석은 처음 본다."

말을 하면서 어긋난 운도의 팔목을 몇 번 주물렀는데, 신기하게도 고통이 싹 가시는 것이었다.

"됐다. 다른 곳이야 타박상에 지나지 않으니 걱정할 것 없어. 며칠 지나면 저절로 나을 테니까."

"고맙습니다. 의술이 정말 용하시군요."

"흘흘, 혼자서 산속을 돌아다니자면 이 정도야 필수인 거지."

노인이 바랑을 뒤져 몇 가지 약초를 꺼냈다.

"가져가라. 찻잎처럼 우려서 며칠을 두고 계속 마셔. 그러면 좋아질 게다."

운도는 얼떨떨하기만 했다.

노인이 언제부터 삼층 누각에 숨어서 훔쳐보았는지 궁금했다.

第三章
알 수 없는 노인

마룡의
후예

마룡의
후예

벌써 사흘이 지나고 있었지만 운도는 여전히 이귀율의 적수
가 되지 못했다.

그날 운도는 청향의 천수불장 대신 하군악의 음양쌍극(陰陽
雙戟)의 수법을 응용했다.

하가신창(河家神槍)으로 불리는 산동 하가장의 절기 중 하나
인데, 하군악이 그것을 연습하는 걸 보고 배운 것이다.

운도는 전날 밤새도록 두 손으로 단창을 대신하는 수법을
연습했다.

하가신창의 묘법이 재빠르고 변화무쌍하다는 걸 살려서 두
손의 장법으로 옮겨왔지만 만족스럽지는 못했다.

단창을 휘두르는 것과, 손으로 그것을 대신했을 때의 움직

임에는 어쩔 수 없는 차이가 있었던 것이다.

그래서 운도는 하가장의 음양쌍극 수법에 천수불장의 수법을 섞었다.

어깨가 마음대로 돌아가지 않는 상황에서는 천수불장의 현란함으로 창끝의 움직임을 보완했던 것이다.

그렇게 하룻밤 사이에 뚝딱 만들어낸 운도의 장법은 그럴듯했다.

방심하고 있던 이귀율을 깜짝 놀라게 했던 것이다.

하지만 그것뿐이었다.

운도의 주먹과 장이 어지럽게 떨어지자 잠시 당황했던 이귀율은 풍사곡의 장법 중 하나인 풍소쾌장(風掃快掌)으로 즉각 수법을 바꾸었다.

그것은 맹렬하고 빠른 기세를 비결로 하는 장법이었다.

그것이 운도가 펼치는 현란한 장법의 변화를 가르고 꿰뚫었다.

이귀율의 손은 지난 이틀보다 배나 더 사납고 매서웠으며, 장법의 신랄함은 다시 그것보다 배나 더 위험해졌다.

"이 녀석이 이제 보니 음흉하고 고약한 놈이었구나!"

그는 운도가 음양쌍극과 천수불장의 수법을 적절히 배합해서 새로운 장법을 만들어냈다는 데에 분개했다.

그것도 하룻밤 사이에 그렇게 했으니 더욱 놀라웠던 것이다.

'몇 년만 지나면 이놈은 나를 뛰어넘게 될 것이다. 그전에

죽여 버리는 게 나을지도 몰라.'

그런 생각이 절로 들었다.

운도의 자질이 저보다 뛰어나다는 걸 인정하지 않을 수 없었던 것이다.

그러나 아직 그렇게 할 수는 없는 일이었다. 그래서 미움에 질투의 마음이 더해졌으니 손속에 인정이 사라질 수밖에 없었다.

그는 마음껏 손끝에 힘을 실어 운도를 치고 걷어찼다. 다른 날보다 심했으므로 운도는 의식을 잃은 채 널브러지고 말았다.

이귀율이 떠나고 나서도 한참 뒤에야 엉망으로 깨지고 터진 몰골을 한 채 겨우 정신을 차렸다.

운도는 자존심이 구겨져 비통해졌다.

그에게 맞았다는 것보다, 졌다는 것보다 놀림을 당하고 있다는 사실이 그를 더욱 분노하게 했다.

그래서 그날, 운도는 제 몸뚱이가 부서질 때까지 그와 싸울 각오를 했다. 이제 이것은 단순히 이기고 지는 문제가 아닌 것이다.

그리고 그건 운도만의 일이었다.

아무도 그에게 무슨 일이 일어나고 있는지 알지 못했다.

그건 곧 아무도 그에게 관심을 기울여 주는 사람이 없다는 말이기도 하다.

이귀율과의 싸움을 시작한 지난 사흘 동안 운도는 쾌도왕의 가게에 내려가지 않았고, 북무관의 연무에도 참석하지 않았다.

그러나 누구도 운도에게 왜 연무장에 나오지 않느냐고 물어보는 사람이 없었다.

심지어 위진평마저도 그랬다.

그는 매일 백풍산 등에게 자신의 척사검법을 가르치고 있었으므로 당연히 운도가 불참했다는 걸 잘 알 것이다. 그러나 아무에게도 그 이유를 물어보지 않았다.

모든 건 각자의 선택에 달려 있고, 자신은 그 선택에 조금도 관여하지 않겠다는 걸 은연중에 말하고 있는 것인지도 모른다.

그렇다면 그는, 자기 자신의 결정과 행동에 대해서는 철저하게 스스로 책임을 져야 한다는 걸 무언으로 웅변하는 것이리라.

운도가 연무에 참석하지 않는 건 자신의 부끄러운 꼴을 보이고 싶지 않기 때문이었다.

자신의 거처인 화평각으로 돌아오면 운도는 문을 닫아걸고 꼼짝하지 않았다. 그리고 가부좌를 틀고 앉아서 천마심공을 운용하며 지난 낮에 싸웠던 일을 머릿속에 떠올렸다.

자신이 사용했던 초식을 떠올리고, 이귀율이 저를 때리고 비틀고 내던지던 초식들을 하나하나 떠올리는 것이다.

심공은 언제나 그의 마음을 가라앉혀 주었고, 머릿속의 잡넘들을 없애주었다.

그러면 운도는 이귀율과 싸우고 있는 자기 자신의 모습을 똑똑히 바라볼 수 있었다.

또 한 명의 운도가 되어서 자신의 모습을 냉정하게 지켜보는 것이다.

그러는 동안 머릿속에 절로 이귀율의 초식들이 들어와 박혔다.

그러면 '그때 나는 이렇게 했어야 했다. 그랬으면 그의 주먹을 피할 수 있었을 것이다' 하는 생각이 떠올랐고, 눈앞에 새로운 움직임이 그려졌다.

천마심공과 함께하는 마음속의 비두였고, 연무였던 것이다.

그 결과 운도는 첫날 세 초식을 버텼고, 둘째 날에는 십여 초식을 견뎌냈으며, 그리고 사흘째 되는 날에는 무려 이십여 초나 이귀율과 붙어 싸울 수 있었다.

처음 그를 만났을 때 단 일 초도 제대로 견디지 못했던 것과 비교하면 놀라운 발전이었다.

그러나 여전히 분했다. 자신은 그를 한 대도 제대로 때려보지 못했기 때문이다.

분한 생각이 들면 운도는 벌떡 일어나 그날 제가 싸웠던 것을 재연했다.

눈앞에 이귀율이 있다고 생각하고 그와 다시 한 번 싸우는 것이다.

머릿속에 새로이 그려진 동선에 따라 공격과 수비를 했고,

그러다가 멈추어서 멍하니 생각에 잠기기를 거듭했다.

그 일이 끝나야 비로소 마음을 차분하게 하고 밤새 천마심공을 운기했다. 심공의 운기로 잠을 대신하는 것이다.

그렇게 하고 나면 다음날 아침에는 온몸이 거뜬해졌다.

그러면 운도는 아침 식사를 하기 무섭게 다시 폐허의 마을로 내려갔다.

그렇게 이귀율과 싸우기 시작한 네 번째 날이 되었다.

붕, 붕—

허공을 치는 운도의 주먹에서 무거운 바람 소리가 났다.

그의 주먹에는 그 어느 때보다 충만한 힘이 실려 있었다.

몸놀림이 경쾌하고 반드시 이기고 말겠다는 의지가 눈부셨다.

"헛!"

넷째 날을 맞은 이귀율이 처음으로 당혹성을 터뜨렸다.

운도의 주먹이 아슬아슬하게 콧잔등을 스치고 지나갔기 때문이다.

그것에 실려 있는 기운이 예사롭지 않다는 걸 느낀 이귀율이 차갑게 외쳤다.

"좋다, 이제야 싸울 재미가 생기는구나!"

휙—

바람처럼 운도의 권격 속으로 뛰어들더니 두 손을 교묘하게 놀려서 치고, 잡아오기 시작했다.

후웅―

그의 손이 스쳐 갈 때마다 묵직한 바람 소리가 났다.

운도는 이를 악물었다.

오늘은 한 대라도 때리고 말겠다는 결의가 핏발 선 눈에 가득하다.

그러나 그의 의지와 실력과는 아무 상관이 없었다.

비록 이것저것 버무려 만들어낸 저만의 기괴한 초식으로 이귀율을 한순간 당황하게 할 수는 있었지만 그것으로 승리할 수는 없었다.

이귀율 또한 운도가 그동안 사용했던 자신의 초식과 그 변화를 눈치채고 있다는 걸 알았다.

'며칠 사이에 어떻게?'

의문이 머릿속에 가득하지만 그만큼 미움과 질투심도 커졌다.

운도의 자질이 역시 뛰어나다는 자각에 의한 미움이고 질투심이었다.

그래서 그는 전혀 새로운 초식으로 운도를 몰아붙였고, 운도로서는 감당할 수 없었다.

빠악!

턱에 가해지는 지독한 충격.

"크윽!"

운도가 비명을 터뜨리며 비틀비틀 물러섰다.

재빨리 따라 들어간 이귀율이 그런 운도의 온몸을 사정없이 두들겨 팼다.

"퍽! 퍽! 퍽!

몇 대의 그 주먹질과 발길질에 운도는 다시 쓰러지고 말았
다.

아득해진 의식 속으로 이귀율의 비웃음이 환청인 것처럼 스
며들었다.

"흐흐— 보름을 약속했으니 그때까지는 데리고 놀아주마.
하지만 마지막 날에는 죽여 버리고 말 테다."

얼마나 의식을 잃고 늘어져 있었던 것일까.

이마에 축축한 것이 와 닿는 걸 느끼고 운도가 비로소 의식
을 되찾았다.

"끄응—"

절로 신음성이 흘러나왔다.

오늘은 다른 날들보다 더욱 호되게 당했던 것이다.

이귀율의 주먹에 실려 있던 힘이 다른 날보다 강했고, 급소
를 골라 치는 손속이 더 무자비했다.

"끄응—"

다시 신음을 흘리고 힘겹게 눈을 뜨는 운도의 꼴은 목불인
견이라는 말 그대로였다.

입술이 터져 흘러내린 피가 진흙처럼 굳어서 얼굴을 온통
뻣뻣하게 만들었고, 그래서 더욱 퉁퉁 부어올라 제 모습을 찾
아보기 어려웠다.

“쯧쯧—”

혀 차는 소리가 들려왔다.

운도가 눈동자만 돌려 바라본 곳에 남루하고 거친 행색의 노인이 쪼그리고 앉아 있었다.

무명노다.

노인이 으깬 약초를 감싼 젖은 수건으로 운도의 얼굴을 닦아주며 다시 혀를 찼다.

“용감하고 현명한 소년인 줄 알았는데 이게 보니 형편없는 녀석이었구나.”

약초의 시원한 느낌에 운도의 정신이 한결 맑아졌다.

그가 힘겹게 몸을 일으켜 앉아 노인을 마주 보았다.

“다 보셨어요?”

“보다마다. 네가 어떻게 형편없이 당하는지 하나도 빠뜨리지 않고 다 보았느니라.”

“쳇. 그래서 재미있던가요?”

“흘흘, 그 시커먼 녀석은 인정사정이 없더구나. 아니지. 마음만 먹었더라면 쉽게 너를 때려죽일 수 있었는데 그렇게 하지 않았으니 인정이 넘치는 놈이라고 해야겠구나.”

“흥, 앞으로 열하루가 남았으니 그 안에 나는 반드시 내가 당한 걸 몇 배로 갚아주고 말 겁니다.”

“어떻게?”

노인이 딱하다는 듯 운도를 바라보았다.

“그런 솜씨로는 앞으로 십 년을 싸워도 너는 그 시커먼 녀석을 한 대도 때릴 수 없을 것이다. 그런데 몇 배로 갚아준다고?
그것도 열하루 안에? 내가 아무것도 모르는 늙은이라고 놀리
는 것이냐?"

운도는 말문이 막혔다.

비록 이귀율의 주먹질에 빠르게 적응하고 있고, 그에 따라
서 하루가 다르게 버티는 횟수가 늘어나고 있지만 그것뿐이라
는 걸 인정하지 않을 수 없었다.

자신의 장담과 투지와는 상관없이, '과연 열하루 안에 그를
이길 수 있을까' 하는 의문이 들었다.

그러자 막막한 심정이 되어 시무룩해졌다.

딱하다는 듯 그런 운도를 바라보던 노인이 엉뚱한 말을 했
다.

"나에게 방법이 한 가지 있기는 한데……."

"예?"

"네 녀석의 고집이 만만치 않으니 과연 내 말을 들을지가 의
문이구나."

"달아나라는 말씀인가요?"

"흘흘, 그것도 좋은 방법이지. 그 녀석이 말하기를 마지막
날에는 너를 죽여 버리겠노라고 하더구나. 그러니 멀리 달아
나 버리는 게 가장 좋은 방법일 게다."

"흥! 그가 뭐라고 했든 보름을 약속했으니 지켜야지요."

"맞아 죽을 턴데도?"

"제가 한 약속을 저버리고 비겁하게 달아나 목숨을 구하는

것보다 맞아 죽는 게 사내다운 일 아니겠습니까?"

약속을 중히 여겨야 사내라는 사부의 가르침이 운도의 뼛속 깊이 새겨져 있었던 것이다.

노인이 빙긋 웃었다.

"너는 대장부로구나. 하지만 미련한 대장부에 불과하지."

"아무래도 좋습니다. 저는 반드시 약속을 지킬 것이고, 또 그자에게 이길 테니까요. 도와주셔서 감사합니다."

운도가 힘겹게 몸을 일으켰다.

"내일은 이렇게 해보아라."

"예?"

노인의 말에 막 떠나려던 운도가 어리둥절해서 바라보았다.

노인이 천천히 몸을 일으켰다.

굽었던 등을 펴자 키가 한 자는 더 커 보인다.

후리후리하고 단단해 보이는 몸집이었다. 노인 같지 않다.

백발의 머리카락과 수염, 그리고 주름 가득한 얼굴만 아니라면 누구나 오십대의 장한으로 볼 그런 체구였던 것이다.

운도가 어리둥절해서 무명노를 바라보았다.

그날 밤, 늑대들에게 물려 중상을 입고 있었을 때의 초라하던 그 노인이 아닌 것만 같았다.

노인이 정광이 번쩍이는 눈으로 운도를 바라보았는데, 은은하게 사람을 압도하는 위엄이 있었다.

그러한 기운은 꾸며서 되는 게 아니라는 것쯤은 운도도 잘 알고 있었다.

사부 등 선생에게서 가끔씩 보았고, 풍사곡주 위진평에게서 엿보고 흠칫 놀랐던 바로 그러한 장중한 기세가 노인에게서 느껴졌다.

하지만 노인의 그러한 기세는 이내 사라진 것이어서 운도는 제가 잠깐 착각한 모양이라고 생각했다.

잠시 생각하던 노인이 빙긋 웃고 말했다.

"내가 그 시커먼 녀석의 솜씨를 보니 한 가지 수법이 생각나더구나. 어쩌면 그것으로 그 녀석을 곤란하게 만들 수 있을지도 모르지."

운도가 깜짝 놀라 소리쳤다.

"아! 노인장께서는 이제 보니 강호의 선배 고인이셨군요?"

"흘흘, 강호와는 거리가 먼 사람이다. 말했잖느냐, 약초 캐는 늙은이에 지나지 않다고."

"나는 믿지 않습니다. 만약 정말 그렇다면 어떻게 그자의 수법을 한눈에 알아볼 수 있단 말입니까?"

"그거야 말할 수 없는 사정이 있으니 더 묻지 말거라. 어쨌든 나는 강호와 상관없는 사람이고, 당연히 선배 고인이라고 불릴 자격이 없는 사람이다. 그냥 약초 캐는 이름없는 늙은이일 뿐이야."

"그래도 믿을 수 없군요."

운도가 고개를 갸웃거리자 노인이 웃으며 다시 말했다.

"원래 장기를 두는 사람보다 곁에서 구경하는 사람에게 수가 더 잘 보이는 법이니라. 그저 즐길 뿐, 이기고 지는 일에 집착하지 않기 때문이지."

노인의 말속에는 무언가 가르쳐 주려는 의미가 담겨 있었다.

운도가 미심쩍어하는 눈으로 노인을 바라브며 말했다.

"그럼 어디, 그를 이길 수 있는 수법이 뭔지 들어볼까요?"

"듣기만 해서야 되겠느냐? 내가 보여주지.'

노인이 소매를 말아 올려 앙상하고 쪼글쪼글한 팔뚝을 드러내더니 허공을 몇 번 치고 걷어차 보였다.

운도가 잔뜩 미간을 찌푸렸다.

아무리 보아도 신통해 보이지 않았던 것이다. 그저 동네 개구쟁이 녀석들이 싸움질할 때에나 통할 법한 그런 단순한 주먹질이고 발길질이었다.

세 번 그렇게 허공을 때리고 두 번 걷어차 보인 노인이 가쁜 숨을 헐떡였다.

그 몇 번의 동작에 온 힘을 다 기울였다고 해도 저렇게 힘들어할 리는 없다는 생각에 운도는 다시 어리둥절해지고 말았다.

"쿨럭, 쿨럭—"

가슴을 움켜쥐고 몇 차례 고통스럽게 기침을 하고 난 노인이 헐떡이며 말했다.

"어떠냐? 할 수 있겠느냐?"

"예."

"그럼 되었다. 내일은 이 수법을 써봐. 그 녀석의 반응을 보고 다음 수법을 가르쳐 주마."

운도가 고개를 갸웃거렸다. 영 미덥지 못했던 것이다.

저렇게 단순하고 단조로운 수법으로 이귀율을 때릴 수 있을 것 같으면 누가 그를 때리지 못할 것인가 하는 의문이 절로 든다.

운도의 얼굴에 불만이 가득했지만 노인은 빙긋 웃기만 했다.

"내 말대로만 해봐. 그 녀석은 오늘 재미를 보았으나 내일은 그렇지 않을 것이다. 틀림없어."

"과연 그럴까요?"

운도가 여전히 고개를 갸웃거렸다.

하지만 노인은 내일 일을 이미 다 알고 있다는 듯이 장담했다.

"만약 내 말이 틀렸다면 네가 나를 때려서 분풀이를 해도 좋다."

"휴— 노인장의 말씀대로 되기를 바라야지요."

마지못해 무명노의 장담을 받아들이면서도 운도는 과연 그 단순한 몇 번의 주먹질이 이귀율에게 효과가 있을 것인지 여전히 의심스럽기만 했다.

하지만 노인의 마음을 생각해서 인정해 주는 척이라도 하지 않을 수 없다.

"감사합니다. 노인장의 도움을 받았으니 은혜를 잊지 않지요."

"흘흘, 너에게 한 번 목숨을 빚졌으니 열흘 루 뒤에 네가 죽지 않도록 해주려는 거지. 그러면 내 빚을 갚는 게 될 것 아니냐? 그럼 내일 보자꾸나."

노인이 바랑을 짊어지고 느릿느릿 떠나갔다.

운도는 제가 지금 꿈을 꾸고 있는 거 아닌가 하고 생각될 만큼 혼란스러웠다.

약초 캐는 노인에게 놀림을 당했다는 생각과 함께, 어쩌면 그가 알려지지 않은 강호의 고인일지도 모른다는 생각도 들었다.

하지만 강호의 고인이라면 어찌 늑대 따위에게 쫓겨 목숨이 위태로운 지경까지 갔을 것인가.

"세상은 정말 알 수 없는 일들뿐이로구나."

절로 한숨이 나왔다.

엉망으로 깨진 몸을 이끌고 자신의 거처로 돌아온 운도는 분해서 잠이 오지 않았다.

벌떡 일어나 지난 낮에 이귀율과 싸우던 일을 떠올리며 다시 허공을 치고 때리기 시작했다.

이귀율의 수법을 기억해 두었다가 그대로 펼쳐 보고, 거기에 대항하던 자신의 수법을 반복해 보면서 무엇이 잘못되었는지 살펴보는 것이다.

과연 이귀율의 수법은 효과적이었다는 걸 인정하지 않을 수 없었다.

자신이 어떤 수법으로 대항하든지 그것을 차단하면서 일거
에 무너뜨리는 빈틈없는 초식이었던 것이다.

운도는 이귀율이 자신의 턱을 후려치던 때를 떠올려 보았
다.

그 한주먹을 피하지 못하고 다시 떡이 되도록 두들겨 맞지
않았던가.

이귀율의 그 주먹질은 풍소추산(風掃秋山)이라는 것이었다.
풍사곡의 절기 중 하나인 복령장법(伏靈掌法) 중의 절초이다.

운도는 풍사곡에서 오직 황룡장법을 배웠을 뿐이니 이귀율
의 그 절묘한 초식을 알 리가 없고 거기에 대항할 수가 없었
다.

내일 또 싸운다고 해도 결과는 역시 마찬가지일 거라는 생
각에 절망적인 심정이 되지 않을 수 없다.

분한 숨을 씩씩거리며 이귀율의 그 수법을 수십 번이나 반
복해 보던 운도의 머릿속에 문득 무명노가 보여주었던 초식이
떠올랐다.

그건 세 번 허공을 때리고 두 번 걷어차는 장난 같은 짓이었
다.

그 초식의 이름이 무엇인지도 모른다.

그것을 따라 해보던 운도가 피식 웃었다.

“물에 빠진 사람이 지푸라기라도 잡으려 한다더니 내가 꼭
그 꼴이로구나. 한심하지 뭐냐.”

무명노의 그 엉성한 수법으로 이귀율의 교묘한 장법을 상대

하려는 생각을 잠시라도 했던 자기 자신이 부끄러워졌다.

"나의 한심한 꼴을 보자 그 노인도 나를 놀리고 싶어졌던 게 틀림없을 거야. 아, 나는 졸지에 온 천하의 놀림거리가 되고 말았구나. 에휴—"

땅이 꺼지게 한탄하던 운도가 문득 얼굴을 굳혔다.

허공을 바라보며 무엇인가 생각하더니 점점 하얗게 질려간다.

문득 저를 때리던 이귀율의 동선(動線)을 떠올렸던 것인데, 그것과 노인의 단순하던 움직임이 겹쳐지자 한 가지 놀라운 그림이 머릿속에 그려졌던 것이다.

"아!"

운도가 저도 모르게 탄성을 터뜨렸다.

마치 뒤통수를 갑자기 얻어맞은 사람처럼 커다란 충격을 받고 멍해졌다.

운도는 머릿속에 이귀율의 움직임을 그려보았다.

그의 주먹이 뻗어나오고 발이 걸어차 올 때를 생각하며 노인이 보여주었던 몇 가지의 단순한 동작을 다라 했다. 그리고 그 결과를 머릿속에 그려보는 것이다.

그럴수록 운도의 놀람은 더욱 커지기만 했다.

노인의 주먹과 발길질이, 그 단순하고 조잡해 보이기만 했던 그것이 놀랍게도 이귀율의 동선을 매번 시의 적절하게 끊어버리는 것 아닌가.

매 움직임마다 그것의 맥을 여지없이 잡아내고, 그가 물러

날 수도 없게 만들었다.

"아, 어떻게 이럴 수가 있단 말인가!"

스스로도 믿을 수 없어서 몇 번이나 되풀이하여 초식을 시험해 보던 운도가 입을 딱 벌리고 멈추어 섰다.

허공을 바라보는 얼굴이 넋이 나간 것 같다.

다섯째 날이 되었다.

그날, 운도는 자신감을 갖고 폐허의 공터 한가운데 우뚝 서서 이귀율이 오기를 기다렸다.

그리고 그날, 이귀율은 여전히 비웃음을 흘리며 나타났지만 태어난 이래 처음으로 진정한 놀라움이라는 게 어떤 건지 맛보아야 했다.

운도가 여전히 자신이 얼렁뚱땅 만들어낸 잡다한 초식으로 공격해 오자 이귀율은 하품을 하면서 여유만만하게 상대했다.

펼치는 초식에 느긋한 여유와 방심이 깃들어 있는 게 금방 느껴지는 것이어서 운도는 내심 회심의 미소를 지었다.

그렇지만 겉으로는 어디까지나 당황하고 낭패한 모습을 보이며 이를 악물고 달려들 뿐이다.

이귀율이 운도의 주먹을 슬쩍 흘려보내며 느끼하게 비웃었다.

"호호, 그래 가지고 어디 내 그림자라도 밟을 수 있겠느냐? 이제는 이 짓도 슬슬 지겨워지려고 한다."

“아직 멀었어!”

운도가 이를 악물고 더욱 사납게 들이쳤다.

어떻게 해서든 이귀율을 그가 그려놓은 원 밖으로 몰아내기만 하면 되는데 그걸 못하고 있다는 게 분하그 약이 올라 못살겠다는 듯하다.

그런 운도의 악착같음이 지겨워진 이귀율이 잔혹한 미소를 지었다.

‘오늘은 이놈이 며칠 꼼짝하지 못하도록 두들겨 패줘야겠다.’

다른 날보다 모질게 때리겠다는 생각으로 운도의 얼굴 복판을 노리고 힘껏 주먹을 뻗었을 때다.

획—

그의 주먹이 어제와 마찬가지로 운도의 얼굴을 노리고 힘차게 쳐나갔다.

그때 운도의 움직임이 돌변했다.

바로 이 순간을 노리고 있었다는 듯 거침없이 이귀율의 품 속으로 파고들었던 것이다.

“응?”

이귀율이 깜짝 놀랐다.

운도가 가볍게 자신의 주먹을 쳐내며 그대로 가슴에 부딪쳐왔기 때문이다.

“이놈이!”

놀라고 화가 난 이귀율이 몸을 비틀어 운드의 힘을 흘려보내며 더욱 맹렬하게 주먹을 휘두르고 곧게 뻗어냈다.

그러나 운도의 움직임은 그의 예상을 완전히 벗어난 것이었다.

후웅—

운도의 주먹이 자신의 동선을 끊으며 그대로 뻗어나오는 것 아닌가.

이귀율이 당황하여 급히 두 손을 가슴 앞에 모았다가 밖으로 확 뿌렸다.

절묘한 수비수였다. 운도의 힘이 실린 주먹이 모두 그 한 수에 가로막혔던 것이다.

하지만 운도의 주먹질은 단지 상대의 그러한 움직임을 이끌어내기 위한 속임수에 지나지 않았다.

타격을 위한 절초는 발의 움직임에 있었다.

퍽!

불쑥 뻗어나온 운도의 발끝이 이귀율의 명치에 꽂혔다.

"허억!"

이귀율이 놀란 숨을 들이켰다.

몸을 한껏 웅크리며 힘을 집중시켜서 충격을 최소화했기에 고통은 없었지만 지나친 놀람이 그를 어리둥절하게 했다.

파팍!

그런 이귀율의 놀람이 끝날 새도 없이 운도의 번갈아 차는 발길질이 좌우 옆구리에 작렬했다.

끄응, 하고 신음성을 흘린 이귀율이 이를 악물고 맹렬하게

주먹을 휘둘렀다. 운도의 타격을 몸으로 받아내면서 가격하려
는 생각이었다.

하지만 조금 전에는 허초에 지나지 않았던 운도의 주먹이
이번에는 실초로 변해서 먼저 날아왔다.

빡!

최초로 이귀율의 얼굴에서 묵직한 타격음이 터져 나왔다.

"억!"

그가 놀란 소리를 냈다.

콧잔등이 움푹 꺼질 정도로 강한 충격을 받아 머릿속이 멍
해졌던 것이다.

그가 한순간 중심을 잃고 휘청했다. 그대로 한 번만 더 걸어
차거나 밀어내면 원 밖으로 맥없이 밀려날 상황이었다.

그러나 이귀율은 역시 고수였다.

방심하고 있다가 한 번 호되게 당했지만 두 번 똑같이 당할
자가 아닌 것이다.

"이놈!"

이귀율이 악에 받친 소리와 함께 두 팔을 뻗었다.

한 손으로 운도의 주먹을 말아 당기면서 다른 손으로는 뒷
덜미를 낚아채 휘둘렀다.

소용돌이가 바윗덩이를 떠오르게 하듯이 운도의 몸뚱이를
한 바퀴 휘둘러 중심과 힘을 빼앗은 것이다.

쿵!

운도가 그 한 수에 맥없이 일 장이나 날려가 처박혔다. 그리

고 뒤쫓아온 이귀율의 인정사정없는 주먹과 발길질이 온몸에 소나기처럼 떨어지기 시작했다.

"크크크크―"

운도는 마치 실성한 놈처럼 웃었다.

맨땅에 퍼질러 앉은 채 입을 쩍 벌리고 키득거리는 모습이 끔찍했다.

얼굴은 알아볼 수 없을 정도로 온통 깨지고 짓이겨졌으며, 선혈이 낭자해서 핏물로 세수를 한 것처럼 보였다.

쩍 벌린 입 안에 선혈이 하나 가득 고여 있다가 키득거릴 때마다 줄줄 흘러내려 가슴 앞 옷자락을 흠뻑 적셨다.

피와 땀과 흙먼지로 범벅이 된 몸뚱이는 처참지경이라는 말이 어떤 건지 몸소 보여주는 것 같았다.

그런 끔찍한 몰골을 하고서도 운도는 키득거렸다.

통쾌해서 미칠 것 같았다.

드디어 보기 좋게 이귀율에게 한주먹을 안겼다는 기쁨이 엉망이 된 제 몸뚱이의 고통보다 열 배는 더 컸던 것이다.

이귀율의 피범벅이 된 얼굴 모습이 눈에 선했다.

자신의 주먹이 정확하게 그의 얼굴 복판을 때렸다는 사실을 믿기 힘들었다.

하지만 그때의 타격감을 운도는 잊을 수 없었다. 그 얼마나 통쾌한 느낌이었던가.

이귀율의 콧잔등이 무너지고 검붉은 선지피가 왈칵 쏟아져 나오던 그 모습을 평생 잊을 수 없을 것 같았다.

"쯧쯧쯧─ 그 꼴이 그게 뭐냐?"

뒤에서 무명노의 혀 차는 소리가 들려왔다.

"그렇게 제 몸뚱이 아까운 줄 몰라서야 어디 남은 열흘 동안 버틸 수 있겠느냐? 그 안에 골병이 들어서 죽고 말 것이다. 쯧쯧─"

第四章
누구의 위기냐?

마룡의
후예

“도대체 무슨 일이야?”

백풍산의 말에 위서향은 우물쭈물하기만 할 뿐 무어라고 대답해 줄 수 없었다.

곁에 있던 하군악도 고개를 갸웃거리며 말했다.

“오늘 식당에서 보니까 이 사형의 얼굴이 달라졌던데? 혹시 누구하고 싸우기라도 한 것 아닐까?”

그러면서 슬쩍 위서향을 훔쳐보는 것이, 네가 그를 때린 게 아니냐고 묻는 것 같았다.

위서향으로서는 난감하기만 한 일이었다.

그녀 또한 오늘 아침 식당에서 이귀율을 보고 깜짝 놀랐었다.

누가 보아도 그의 얼굴은 정상이 아니었다. 누구에겐가 정통으로 콧잔등을 얻어맞았다는 걸 눈치챌 수 있었던 것이다.

'대체 누가 대사형을 때릴 수 있단 말인가?'

그런 의문이 오전 내내 위서향을 궁금하게 했다.

그날 위진평은 척사검법을 제대로 가르쳐 줄 수가 없었다.

위서향은 물론 모두의 마음이 엉뚱한 곳에 가 있었기 때문이다.

혀를 찬 위진평이 오후 수련은 각자 알아서 하라는 말을 남기고 연무장을 떠났다.

벌써 닷새째나 운도가 수련에 참석하지 않았지만 그것에 대해서는 한마디도 하지 않았다.

그가 떠나고 나자 모두의 눈길이 위서향에게 모였고, 오전 내내 궁금해하던 그 일을 묻기 시작했다.

위서향도 궁금해 미칠 지경이었다.

그러나 그에게 물어볼 수도 없어서 참고 있었는데 이제는 견딜 수 없게 되었다.

위서향을 앞세운 자들이 이귀율의 거처로 몰려가고 있을 때 이귀율은 사부인 검진삼협 위진평의 앞에 있었다.

"고개를 들어라."

위진평의 무심한 음성이 이귀율에게는 더욱 어렵기만 했다. 가슴이 조마조마해진다.

"쯧쯧—"

대제자의 얼굴을 본 위진평이 눈살을 찌푸렸다.

"죄송합니다."

이귀율이 다시 고개를 푹 숙였다. 입술을 꽉 물고 있다.

한동안 말없이 바라보던 위진평이 한숨을 쉬었다.

"네 마음속의 불만을 안다."

"사부님……."

"그러나 너는 그릇이 아니다."

"……."

"십천지주가 되기 위해서는 자질도 중요하지만 그것보다 중요한 건 바로 그 사람의 타고난 그릇이다. 속이 좁고 편협한 자는 자질이 아무리 뛰어나다고 해도 결코 십천지주가 될 수 없다."

"저의 그릇이 그렇단 말씀입니까?"

이귀율이 반문하고 나서 고개를 더욱 숙였는데, 입술을 피가 나도록 악물고 있었다.

위진평이 한 점의 인정도 없이 냉정하고 무심하게 고개를 끄덕였다.

"그렇다."

"……!"

"너의 자질은 훌륭하다. 이곳에 와 있는 다른 녀석들에 비해 결코 뒤지지 않지. 하지만 너의 그릇은 그들을 뛰어넘지 못한다."

이귀율의 눈에서 불똥이 튀었다. 그러나 여전히 고개를 깊숙이 숙이고 있었으므로 위진평은 볼 수 없었다.

"하기야 다른 녀석들도 나은 건 없지. 하군악은 말할 것도 없고, 청향은 아직 어리니 무어라고 단정할 수 없다. 점창파의 백풍산이 그중 그릇이 크지만 역시 내 기대에는 미치지 못한다. 다만……"

잠시 침묵하던 위진평이 낮게 한숨을 쉬고 나서 다시 말했다.

"단운도 그 아이의 기질이 좋더구나."

"아!"

이귀율이 부지불식간에 탄성을 뱉어냈다. 이제는 낯빛마저 새파랗게 질렸다.

질투와 분노와 실망감이 밀려들어 온몸을 와들와들 떨어댔다.

'나를 앞에 두고 그놈을 칭찬하다니. 사부님이 원래 무정한 분이라는 걸 알지만 그래도 이건 너무하구나.'

그런 이귀율의 속마음에 아랑곳없이 위진평의 말이 계속되었다.

"다른 녀석들은 아직 만나보지 못했지만, 내가 보기에 십천이 후예로 내세운 자들 중 아마도 그 녀석의 자질과 기질이 가장 뛰어날 것이다. 무량자에게 좋은 인연이 있었던 게야. 그래서 나는 그가 부럽다."

이귀율이 주먹을 꽉 움켜쥐었다. 무심한 사부의 음성이 가슴에 못이 되어 쾅쾅 박히고 있었다.

"너는 나의 모든 것을 물려받을 것이다. 그렇다면 십천지주가 되기 위해 나온 다른 자들보다 못할 게 없지. 네가 가질 수 있는 게 그것뿐이라는 것을 자각해라. 스스로를 아는 것이야말로 그 어떤 신공절학을 배우는 것보다 중요한 일이다."

"제자가 감히 한 말씀 드리겠습니다."

이귀율이 고개를 번쩍 들었다. 사부를 똑바로 바라보며 분명한 음성으로 묻는다.

"사매의 그릇은 어떻습니까?"

위진평이 살짝 눈살을 찌푸렸다. 그러나 두슨 생각을 하고 있는지 그의 얼굴 표정만으로는 도무지 알 수가 없었다.

"그 아이의 그릇은 괜찮은 편이지. 다만 여자라는 것 때문에 심히 망설였느니라. 그러나 너와 양문창, 곽서언을 두고 고심했을 때 결국 나는 그 아이를 선택할 수밖에 없었다."

"사부님의 혈육이기 때문은 아니었는지요?"

위진평의 얼굴이 더욱 차가워졌다. 이글거리는 눈으로 이귀율을 노려보듯 바라본다.

이귀율로서는 그 눈길을 감당할 수가 없었구. 그래서 다시 고개를 폭 숙였다.

"나는 내가 가진 모든 것보다 십천의 명예를 더 중요하게 여긴다."

"제자가 실언했습니다. 부디 용서해 주십시오."

이귀율이 고개를 조아리며 말했지만 제 발등을 내려다보고 있는 눈에서는 여전히 불길이 이글거리고 있었다.

무엇을 생각하는지 위진평의 얼굴에 망설임이 어렸다. 말을 해야 할지 말아야 할지 머뭇거리는 것 같더니 기어이 입을 열었다.

"물어볼 게 하나 있다."

"하문하소서."

"정말 운도 그 아이의 실력이 너를 때릴 수 있을 만큼 높더냐?"

"아!"

이귀율이 깜짝 놀라 어깨를 움찔 떨었다.

"알고 계셨습니까?"

"맞는 모양이군."

이귀율은 발뺌하거나 거짓을 말할 수가 없었다.

"사부님께서는 저와 단운도와의 일을 이미 알고 계셨군요?"

"그렇다."

"그것이 위 사매 때문이라는 것도 알고 계셨습니까?"

"그렇다."

"……."

"남녀 간의 일이란 누가 충고한다고 해서 고쳐지는 게 아니지. 많은 우여곡절을 겪고 나서야 비로소 그들 스스로 판단할 수 있게 되는 것이다. 그때까지는 기다리고 있을 수밖에 없어. 너와 운도, 그리고 서향이의 일도 그렇다."

이귀율은 풍사곡 내에서만은 아무도, 그 무엇으로도 사부를 속일 수 없다는 걸 다시 한 번 절실히 느꼈다.

등줄기에 식은땀이 솟는다.

"두 사람의 마음이 서로 맞아야 그것을 연분이라고 하는 것이지, 어느 한쪽이 일방적으로 주는 마음은 헛될 뿐이다. 그러나 그걸 두고 너를 나무랄 생각은 없다. 젊은 날에 누구나 한 번쯤은 거치기 마련인 과정이니까."

"위 누이와 저는 어려서부터 사부님 슬하에서 함께 자랐습니다. 그런데 제가 부족한 것일까요?"

"그 아이의 마음은 그 아이의 것이니 내가 비록 친부라고 해도 어쩔 수가 없지."

"제자는 그래서 더욱 단운도를 증오합니다. 그 녀석이 오고 나서부터 사매의 마음이 변했으니까요."

이귀율로서는 죽기를 각오한 것이나 다름없었다. 지금처럼 사부의 말에 길게 대꾸해 본 적이 없었던 것이다.

그러나 위진평은 여전히 무슨 생각을 하고 있는지 알 수 없었고, 화를 내는 것 같지도 않았다.

다만 타이르듯이, 훈계하듯이 무심하게 한마디를 했을 뿐이다.

"여자 때문에 너의 인생을 망치는 어리석은 짓은 하지 마라."

이귀율은 대답하지 않았다. 마음속 가득 불복하는 마음이 컸던 것이다.

늘 보아왔던 사부의 이와 같은 무정함과 냉정함에 대해서 새삼 서운하다는 감정이 생겼다.

"내일부터는 북무관에서 겨루어라."

"예?"

위진평의 말에 이귀율이 깜짝 놀랐다.

"밖에서 남들의 눈을 피해 비무하는 건 떳떳하지 못한 일이다. 북무관에서 모두가 지켜보는 가운데 당당하게 겨루어라."

"사부님……"

이귀율은 사부의 심중을 이해할 수 없었다.

제가 사사롭게 단운도와 싸운 것은 풍사곡의 규율을 크게 어긴 것이나 마찬가지였다.

그래서 단단히 벌을 받을 각오를 하고 있었는데 오히려 모두가 지켜보는 앞에서 당당하게 운도와 비무를 하라는 것 아닌가.

싸움도 아니고 비무라는 말로 표현한 사부의 말은 엉뚱하고 놀라운 것이기만 했다.

'설마 사부님이 그 녀석에게 이토록 큰 관심을 갖고 계실 줄이야……'

이귀율은 그렇게 생각하지 않을 수 없었다.

"뭐라고요?"

운도가 펄쩍 뛰었다.

그 앞에서 빙글빙글 웃고 있는 자는 산동의 하가보에서 온 하군악이었다.

"얼굴 꼴을 보니 이 사형보다 열 배는 더 심하군. 쯧쯧, 한 대 때리고 열 대를 맞은 게 틀림없어. 차라리 계란으로 바위를 칠 것이지. 그게 무슨 꼴이냐?"

비웃음 속에는 운도에 대한 경멸의 마음이 노골적으로 깃들어 있었다.

그런 하군악의 뒤에서 백풍산이 걱정된다는 듯이 바라보고 있었고, 청향은 거의 울 듯한 얼굴이 되어 있었다.

위서향이 다가왔다. 근심 가득한 눈으로 은도를 빤히 바라본다.

'이렇게 심하게 맞았을 줄이야…… 얼마나 아팠을까.'

"그런데 네가 정말 대사형과 싸운 거야? 대사형이 너의 얼굴을 이 지경으로 만들어놓았어?"

운도가 고개를 외로 틀고 애써 무심한 음성으로 말했다.

"별일 아니니까 그렇게 신경 쓸 것 없어."

"이게 어떻게 별일 아니니? 에그, 이 핏자국 좀 봐."

운도가 그녀의 손을 피해 얼굴을 돌리며 입술을 악물었다.

"치사한 인간 같으니."

이귀율이 위진평에게 모든 걸 털어놓은 모양이라고 단정하자 그가 더욱 미워졌다.

그런 한편 문제가 커졌다는 걸 느끼지 않을 수 없었다.

'대체 이 일을 어떻게 해야 한담.'

운도는 이제 이 일이 저와 이귀율 둘만의 일이 아니라는 걸 알았다.

진다면 풍사곡에 있는 모든 사람의 비웃음을 받게 될 것이 아닌가.

또한 만약 제가 이긴다면 이귀율은 더 이상 풍사곡에서 낯을 들고 살 수 없게 될 것이다.

자신의 제자가 그 꼴을 당하는 걸 보면서 위진평이 좋아할 리도 없다.

'결국 씻을 수 없는 원한을 하나 맺고 마는구나.'

그런 생각이 들었다.

'하지만 어쩔 수 없는 일이었지.'

스스로를 위로하면서도 머릿속에는 황 대인의 후덕해 보이던 그 얼굴이 하나 가득 떠올랐다.

헤어지던 날 그는 말하지 않았던가.

"자존심 때문에 앙심을 품는 자가 생기게 된다면 장차 그자가 자네의 일에 커다란 장애가 될지도 모르네. 스스로를 겸손하게 하는 것만이 자네가 풍사곡에서 잘 지낼 수 있는 유일한 길일 것이야."

'자존심 때문이었다.'

운도는 저와 이귀율 간에 생기게 된 이와 같은 불화가 바로 자존심 때문이었다는 걸 인정하지 않을 수 없었다.

황 대인의 가르침을 깜빡 잊었던 것이다.

그를 생각하자 그리워졌다. 함께 먼 길을 여행해 오는 동안 그는 든든한 보호자가 되어주었던 사람이다.

비록 상인에 지나지 않았으나 이곳에 있는 그 어떤 사람보다 후덕하고 정이 많은 사람이었다.

운도가 수심 가득한 얼굴로 멍하니 허공을 바라보자 위서향이 그의 곁에 앉아 손을 잡았다.

다른 사람들의 눈길 따위는 아예 무시하는 과감한 행동이었다.

"운도야, 네가 어쩌다가 대사형과 그렇게 얽혔는지는 묻지 않겠어. 하지만 지금의 너로서는 어떻게 해도 대사형을 이길 수 없을 거야. 아버님 앞에서 추한 꼴을 보이기 십상이지. 모두 너를 비웃지 않겠니? 그건 곧 네 사부님을 욕보이는 일이기도 해."

운도가 위서향의 손을 뿌리쳤다.

황 대인을 생각하면서 울적해졌는데, 그녀가 사부 등 선생을 말하자 불쑥 화가 났던 것이다.

사부 또한 믿을 수 없는 사람이라는 사실을 받아들이기가 아직도 힘들었다. 그래서 사부를 생각하면 속이 상하고 저도 모르게 화가 나곤 하는 것이다.

오기가 생긴 운도가 차갑게 말했다.

"위 사저는 꼭 내가 질 것이라고 믿는 모양이군. 만약 대사형을 이긴다면?"

위서향이 안타까운 눈길을 건넸다. 고개를 가만히 가로젓는다.

"아니, 해가 서쪽에서 떠오른다고 해도 그런 일이 생길 수는 없어. 네가 십천의 무공을 모두 익혔다면 모르지만 그렇게 되려면 앞으로 십 년의 세월이 더 필요할 거야. 그러니 지금이라도 포기하고 대사형에게 빌어."

불쑥 말해놓고 나서 그녀 스스로 깜짝 놀라 '아차!' 하고 후회했다. 운도의 고집이 남다르고 자존심이 강하다는 걸 미처 생각하지 못했던 것이다.

급히 운도의 눈치를 본 그녀가 안도의 숨을 내쉬었다. 운도가 화를 내지 않았던 것이다. 무엇을 생각하는지 심각해져 있을 뿐이었다.

운도는 제가 이겼을 때의 일을 생각하고 있었다.

'만약 앞으로 남은 열흘 동안에 이귀율과의 내기에서 내가 이긴다면 그건 이제 이귀율 혼자만의 수치가 아니다. 내가 망신을 당하는 게 사부인 등 선생을 욕보이는 것이라면 이 사형이 그렇게 되는 건 그를 가르친 위 곡주님을 욕되게 하는 것 아니겠는가. 어쩌면 위 누이도 눈살을 찌푸리겠지. 팔은 아무래도 안으로 굽게 마련이니까.'

그런 생각 끝에 '역시 나는 여기에서도 혼자로구나' 하는 쓸쓸한 마음이 되었다.

운도가 고개를 흔들어 상념들을 털어버렸다.

'까짓, 마음대로 하라지, 뭐. 쫓겨나기밖에 더하겠어?

풍사곡에서 쫓겨난다는 건 십천지주의 후보로서의 자격을 박탈당한다는 것이다. 그러나 그게 아쉽다는 생각은 들지 않았다.

'세상에 꼭 십천의 무공만이 제일은 아닐 것이다. 그들의 무공을 배울 수 없다면 그만한 다른 신공절학을 찾아 익히면 되지. 인연이 있다면 반드시 그렇게 될 것이다.'

마음을 정한 운도가 태연한 얼굴이 되어 모두에게 말했다.

"이제 그만 다들 가주시지요. 소제는 피곤해서 일찍 자야겠습니다."

다음날 오전, 운도는 일찌감치 북무관에 나와 있었다.

아직 얼굴 곳곳에 푸른 멍이 남아 있고 입술은 부풀어 있었지만, 어제의 그 끔찍하던 몰골을 생각하면 신기한 일이기만 했다.

하룻밤 사이에 그 심하던 상처들이 대부분 아물었을 뿐 아니라 기력 또한 더욱 충실해져 있었기 때문이다.

"오늘은 반드시 이기고 말 테다."

운도가 결의에 찬 눈빛을 번쩍이며 어금니를 악물었다.

지난밤, 위서향 등이 떠나고 나자 무명노에게서 배웠던 초식을 연습하느라고 날이 새는 것도 잊은 운도였다.

운도는 오늘도 바로 그 장법으로 이귀율과 싸울 작정이었다.

그가 머릿속으로 다섯 번이나 이름도 알지 못하는 그 초식의 투로를 되풀이하여 떠올렸을 때 저쪽에서 이귀율이 모습을 나타냈다.

그의 콧잔등은 어제 운도에게 가격당한 흔적을 여전히 남기고 있었다.

주먹만 하게 부풀어 오르고, 시퍼렇게 멍이 들어 있어서 준수하던 얼굴이 흉측하게 변해 있었다.

이귀율의 눈빛이 흉흉하게 빛났다.

제 얼굴을 이렇게 만들어놓은 운도에 대한 증오가 그전보다 몇 배는 더 커진 것이다.

운도의 얼굴은 이귀율의 그것보다 훨씬 더 보기 흉해야 옳은 일인데, 약간의 멍과 부기만 남아 있을 뿐이었다.

그가 고개를 숙이고 다가왔다.

모두의 시선이 보기 흉한 제 얼굴에 따갑게 머물고 있다는 걸 느낄 수 있기에 운도에 대한 미움이 더 커졌다.

사부에게 예를 올리고 난 이귀율이 아무 말 없이 발끝으로 원을 그리고 그 복판에 버티고 섰다.

곡주인 검진삼협 위진평이 지켜보고 있는 앞이라 운도는 잔뜩 긴장해 있었다.

위서향과 청향이 손을 잡고 서서 안타까워 어쩔 줄 모르겠다는 얼굴로 운도를 바라보았고, 백풍산과 하군악이 그녀들과 조금 떨어져서 나란히 서 있었다.

백풍산은 무덤덤한 얼굴이었으나 하군악은 즐겁다는 듯 빙글빙글 웃으며 운도와 이귀율을 번갈아 바라보고 있었다.

그로서는 누가 이기든 상관이 없었다. 오직 재미난 구경을 하게 되었다는 게 즐거울 뿐이다.

위진평의 제자인 양문창과 곽서언도 참관하고 있었다. 양문창은 비교적 담담했으나 곽서언은 노골적으로 운도에게 적의의 눈길을 쏘아 보내고 있었다.

운도가 입술을 악물고 주먹을 불끈 쥐었다.

이귀율은 당혹스러운 중에 화가 나기도 했다.

모두의 구경거리로 전락한 것 같은 수치심 때문에 자존심이 상했다.

'내가, 풍사곡주이며 십천의 한 명인 검진삼협의 대제자인 내가 우리 안에 갇힌 원숭이새끼처럼 고작 구경거리가 되고 말다니.'

백풍산과 하군악을 보자 자존심이 더욱 상했다.

이귀율은 그들이 조금도 두렵지 않았다. 자신의 무공이 오히려 그들보다 뛰어날 것이라는 자부심을 가지고 있는 것이다.

위서향에 대해서는 수치심과 함께 은근히 미운 마음까지 들었다. 그녀로 인해서 이런 일이 벌어졌다고 생각했기 때문이다.

그녀가 눈앞의 이 죽이고 싶도록 보기 싫은 녀석에게 마음을 주지 않았더라면 이런 일은 벌어지지 않았을 것 아닌가.

그렇게 생각하자 운도도 위서향도 다 미워졌다.

이귀율은 당장 눈앞에 있는 운도를 한주먹에 때려죽이고 싶었다.

'하지만……'

그렇게 할 수 없다는 걸 누구보다 이귀율 자신이 잘 알고 있었다. 그게 그렇게 원통할 수 없었다.

야비하게 보여서도 안 된다. 백풍산 등이 지켜보고 있으니 그렇다.

어디까지나 풍사곡주의 대제자로서의 위엄과 정대함을 보여야 할 것 아닌가.

그러니 몰인정하게 때릴 수도 없고, 적당히 타격을 주면서도 그게 미안하고 안타깝다는 표정을 곁들여야 할 것이다.

그 생각만으로도 속이 울렁거렸다.

"휴—"

한숨을 내쉰 이귀율이 짐짓 엄숙한 얼굴로 말했다.

"시작해라. 가진 재간을 아낌없이 발휘해 봐. 나를 이 원 밖으로 밀어내기만 하면 네가 이기는 것이니 분발한다면 못할 것도 없지 않겠느냐?"

누가 보든 사형이 어린 사제를 훈련시키는 것 같은 모습이었다.

운도가 입을 씰룩거렸다. 이귀율의 속셈을 짐작한 것이다.

'음흉한 인간 같으니. 하지만 네 뜻대로 되지는 않을 것이다.'

원 주위를 맴돌며 기회를 노리던 은도가 '이얏!' 하는 외침과 함께 훌쩍 몸을 날렸다.

허공에 몸을 띄운 즉시 두 발을 번갈아 걷어차는 것이 재빠르고 맹렬한 연환퇴의 수법이었다.

그 한 수의 매끄러움을 본 위진평의 눈가에 보일 듯 말 듯 미소가 스쳐 지나갔다.

그는 즉시 운도가 하군악의 창법을 응용한 것임을 알아보았던 것이다.

두 발로 두 자루의 단창을 대신했으며, 그것이 빗나가자 허공을 할퀴듯 휘젓는 두 손으로 역시 두 자루의 단창을 대신하고 있었다.

그것뿐 아니라 그 안에는 아미의 천수불장이 가지고 있는 극렬하고 정교한 움직임도 뒤섞여 있었다.

휙휙, 하는 바람 소리를 내며 매섭게 쳐나가고 휘도는 운도의 초식과 움직임을 살펴보는 동안 위진평은 속으로 감탄하지 않을 수 없었다.

몇 가지의 절기를 응용하여 제 스스로 저러한 초식을 만들어내고 그것을 실전에 사용할 만큼 되었다는 게 기특하기도 했다.

게다가 저 나이에 누구의 도움도 없이 혼자서 그렇게 했으니 더욱 대견하다.

'과연 저놈은 무언가 남다른 데가 있어.'

위진평은 이귀율을 매섭게 몰아치고 있는 운도를 보면서 고개를 끄덕이지 않을 수 없었다.

비록 그 초식이 조악하고 거친 것이라 해도 그건 확실히 놀라운 일이었다.

운도가 이제 열여섯 살이 되어가는 소년이라는 걸 생각하면 더욱 그랬다.

십여 차례의 주먹과 발길질을 이귀율은 태연하게 받아 넘기고 있었다.

그러면서 입으로는 연신 호통을 지르거나 혀를 차곤 했다.

"쯧쯧, 기합이 적다!"

"그건 좀 더 민첩해야 할 것 같구나."

"이크, 이번 건 그런대로 위협적이었다. 하지만 변화가 너무 단순했어."

"발을 그렇게 성급하게 놀리면 중심을 잃기 쉬운 거다. 걷어차겠다는 의도가 지나치면 누구나 쉽게 눈치채게 마련이지. 상대가 의식하지 못하고 있을 때를 노려서 갑작스럽고 맹렬하게 걷어차는 게 비결인 게야."

누가 보아도 그건 사형이 사부를 대신하여 어린 사제를 가르치는 모습이었다.

이귀율의 우아하고 멋진 몸놀림과, 한 치의 빈틈도 없는 대응 수법 또한 감탄하지 않을 수 없었다.

백풍산이 고개를 끄덕이며 그런 이귀율을 바라보았고, 교만한 하군악마저 감탄했다는 표정이 되었다.

그러나 위진평은 그런 이귀율의 모습에 눈살을 찌푸리고 있었다.

그는 의뭉을 떨고 있는 이귀율보다 솔직하게 제 분노를 드러내는 운도에게 오히려 감탄하고 있었던 것이다.

운도는 다른 사람들이야 어찌 생각하든 상관없이 오직 지금 제가 싸우고 있는 상대에게만 모든 의식을 집중하고 있었다.

체면을 생각하는 이귀율과 달리 싸움 그 자체에 몰입해 있는 것이다.

쉬잉—

위협적인 운도의 주먹이 다시 한차례 이귀율을 흠칫하고 놀라게 했다.

'이놈이?'

이귀율의 눈에 언뜻 당혹과 놀람의 기색이 떠올랐다.

운도의 솜씨가 처음 싸우던 때와는 물론 어제와도 사뭇 다르게 변해 있었기 때문이다.

그건 믿을 수 없도록 빠른 진보였다. 게다가 스승도 없이 혼자서 궁리하고 연습하면서 얻은 것이라는 게 이귀율을 더욱 놀라게 했다.

등줄기가 서늘해지기까지 한다.

'이놈이 과연 사부님의 말씀대로 우리 중 그 누구보다 뛰어난 재목이란 말인가? 흥, 그렇다면 더욱 용서할 수 없지.'

이귀율은 속으로 다시 한 번 그런 다짐을 했다.

사부 앞에서 운도를 짓밟아 당신의 눈이 틀렸다는 걸 입증해 보여주고 싶었다.

"흥!"

운도의 주먹을 쳐낸 이귀율이 드디어 반격에 나섰다.

쾅!

여지없다.

한 번의 주먹질에 운도의 가슴이 움푹 꺼져 들어갔다.

그것에 내공이 조금만 실렸더라도 운도는 즉시 피를 토하며 죽어버렸을 만큼 위력적인 일권이었다.

"크헉!"

운도가 괴로운 비명을 흘리며 뒤로 주르륵 밀려나갔다.

다른 때 같았으면 그 즉시 쫓아 들어가 무지막지한 주먹질과 발길질을 날렸을 이귀율이지만 오늘은 그렇지 않았다.

여전히 원 안에 뒷짐마저 지고 서서 의젓하게 말했다.

"상대의 타격이 주는 충격에도 참고 견딜 수 있는 인내력을 키워야 한다. 그래야 싸움에서 더 큰 용기를 낼 수 있지. 그것이 상대를 지레 겁먹고 질리게 하는 결과를 가져다주는 거야. 그렇게 되면 승리의 기회가 절로 찾아오게 마련이다."

엄살 부리지 말고 어서 다시 덤비라는 소리와도 같다.

운도가 울컥 한 모금의 선혈을 토해냈다.

낯빛이 창백해졌으나 두 눈에 활활 타오르고 있는 적개심은 오히려 더욱 두서워졌다.

이를 악물고 다시 달려드는데, 맞는 것에 대한 두려움 따위는 없다는 듯했다.

"으음—"

이귀율을 몰아치는 운도의 동작과 신법을 보던 위진평이 낯을 찌푸리고 침음성을 흘렸다.

운도는 그때 폐허의 마을에서 무명노로부터 배웠던 바로 그 초식을 사용하고 있는 중이었다.

어제는 그것으로 이귀율의 얼굴을 통쾌하게 가격하지 않았던가.

오늘도 그렇게 할 작정으로 더욱 재빠르고 매섭게 몰아치지만 어제처럼 되지는 않았다.

이귀율은 벌써 운도의 초식을 간파하고 그에 알맞게 대응하고 있었다.

그의 눈에 언뜻 악독한 빛이 흘렀다. 그 역시 어제 운도의 바로 이 초식에 당황하여 한 대 맞고 말았던 기억을 떨쳐 버릴 수 없었던 것이다.

운도의 주먹이 곧게 뻗어오는 순간 그가 어금니를 악물었다.

어찌 된 건지 이귀율은 운도의 그 곧게 뻗어나오는 단순한 일권을 막거나 피할 수가 없었다.

어제도 그래서 얼굴 복판을 정면으로 가격당하고 말았다.

그건 지금 다시 생각해도 이해할 수 없는 일이었다.

어째서 단지 곧게 찌르는 것으로 보일 뿐인 그 일권이 자신의 모든 움직임을 제약하고, 모든 방어 수단을 무력하게 만드는 건지.

하지만 오늘은 다르다.

이귀율은 살을 주고 뼈를 깎는다는 수단을 생각하고 있었다.

그것만이 운도의 그 단순한 일권을 상대하는 유일하면서 가장 효과적인 방법이라고 판단한 것이다.

퍽!

운도의 주먹이 이귀율의 가슴을 강하게 때렸다. 이귀율이 가슴을 내밀며 불쑥 허리를 폈던 것이다.

쾅!

그리고 마주 뻗어낸 그의 주먹이 운도의 얼굴 복판을 정통으로 가격했다.

"크헉!"

운도가 받은 충격은 이귀율에게 준 것보다 몇 배는 더 지독했다.

붉은 선혈을 뿜어내며 일 장여나 뒤로 날려간 운도가 맥없이 떨어져 몇 바퀴 뒹굴더니 잠잠해졌다.

그 일격으로 의식을 잃어버린 것이다.

"아!"

위서향과 청향 비구니가 발을 동동 굴렀지만 감히 운도에게 달려갈 수가 없었다. 위진평이 심각한 안색으로 버티고 서 있으니 꼼짝달싹할 수가 없는 것이다.

"으음―"

무엇을 생각하는 건지 위진평은 잔뜩 낯을 찌푸리고 있었다.

이귀율의 무정한 주먹질에 대해서 불쾌해하는 것도 아니고, 운도가 의식을 잃고 쓰러진 것을 안쓰러워하는 것도 아니었다.

그가 대체 무슨 생각을 하는 건지 아무도 갈 수 없는 일이었으므로 모두는 위진평의 눈치만 보고 있을 수밖에 없었다.

第五章

날개를 얻다

마룡의
후예

그날도 운도는 위진평의 검법을 배우지 못했다.

이귀율에게 맞은 상처가 심상치 않아서 오후 내내 끙끙 앓으며 누워 있었던 것이다.

그리고 엉망이 된 얼굴을 한 채 오후 늦게 풍사곡을 나섰다.

약초 캐는 노인, 무명노는 역시 그 폐허의 삼층 다락방에 있었다.

쿵쿵거리며 낡은 계단을 올라온 운도를 빤히 바라보더니 쯧쯧 혀를 찼다.

"너는 도대체 성할 날이 없구나. 취미냐?"

운도가 눈을 흘겼다.

"쳇, 노인장이 가르쳐 주신 수법은 엉터리였어요. 아무짝에도 쓸모가 없어요."

"엉터리라니? 어허!"

무명노가 발칵 화를 내며 비스듬히 앉아 있던 몸을 바로 했
다.

"누가 그래? 내가 가르쳐 준 수법이 엉터리라고 누가 그러
더란 말이냐?"

"흥, 그렇지 않았다면 내가 왜 이 꼴이 되었겠어요?"

"허허, 그러니까 네 녀석은 지금 얻어맞은 화풀이를 내게 와
서 하고 있는 거로구나?"

"책임지세요!"

"책임이라니?"

"물에 빠진 사람을 도와주려면 보따리까지 건져 줘야 하는
거지, 달랑 사람만 건져 주면 나중에 욕을 먹게 되는 걸 모르세
요?"

"어허— 이런 억지가 있나."

"흥. 하긴 뭐…… 내가 멍청한 짓을 하고 있는 건지도 모르
지. 약초나 캐러 다니는 노인장에게서 무슨 대단한 절기가 있
겠어? 어제 일은 순전히 우연이었던 거야. 엉터리 초식에 이
사형이 덜컥 걸려들었으니 그거야말로 소가 뒷걸음질치다가
쥐 밟는다는 격이었지 뭐겠어?"

운도가 짐짓 낙심해서 중얼거리는 소리를 무명노가 듣지 못
했을 리가 없다.

노인이 흰 창이 드러나도록 눈을 부릅떴다.

"엉터리라니? 아니, 이 녀석이 가엾고 불쌍해서 한 수 가르쳐 주었더니 고작 그런 소리나 해?"

운도가 정색을 하고 노인을 마주했다.

"그럼 말해보세요. 노인장께서는 강호를 구석구석 돌아다녔다니 듣고 본 게 적지 않겠지요?"

"물론이다."

"산속의 나무꾼이 도끼질을 하다가 절세의 절기를 스스로 깨달아 익혔다는 소리 들어보셨나요?"

"그런 일이 있을 리가 없지."

"그럼, 떠돌이 약초꾼이 풀숲을 뒤지다가 절세의 신공절학을 터득해서 천하제일의 고수가 되었다는 말은요?"

"이 녀석, 네가 지금 나를 두고 하는 소리냐?"

"노인장께서는 무공이라는 걸 알지 못하고 강호와는 상관도 없는 사람이라고 하셨잖아요. 그저 약초꾼이라면서 절세의 절기를 알고 있는 것처럼 말하고 행동했으니 의심스럽지 않을 수 있겠어요? 어제 나에게 가르쳐 주었던 초식도 실은 아무렇게나 엉터리로 가르쳐 주었던 거지요?"

"어허, 이런, 이런 억지가 있나……."

무명노가 입을 딱 벌렸다. 기가 막혀 말이 안 나온다는 얼굴이지만 운도는 개의치 않았다.

"그게 아니라면 증명해 보세요."

"뭘? 뭘 증명한단 말이냐? 어떻게?"

"노인장의 정체가 뭐지요? 은거기인이라도 되시나요? 이름

을 대보세요. 제가 혹시 들어보았을지도 모르니까요. 그래서
정말 전대의 고수였다면 제가 절을 올리고 사부로 모실지도
모르잖아요?”
　말은 그렇게 하고 있었지만 속으로는, ‘고작 늑대에게 물려
서 죽을 지경까지 처했던 노인이 무슨 전대의 고수겠어?’ 하고
비웃는 마음도 있었다.
　무명노가 손사래를 쳤다.
　“일없다. 나는 너같이 말 많고 귀찮은 제자 놈을 두고 싶은
생각이 조금도 없느니라.”
　그래도 운도는 물러서지 않았다.
　“어쨌든 나를 이렇게 낭패하게 만들었으니 책임을 지셔야
지요. 노인장께서 한 약속도 있지 않나요?”
　“무슨 약속?”
　“내가 이 사형의 손에 맞아 죽지 않도록 해주겠다고 하지 않
았습니까?”
　“그거야…….”
　“그 말은 내가 그와의 내기에서 이기도록 해주겠다는 것과
다르지 않지요. 그러니 노인장은 스스로 한 말에 책임을 져야
합니다.”
　“에휴— 어쩔 수 없구나.”
　무명노가 한숨을 쉬었다.
　“이래서 세상일에 얽혀들지 않으려고 그토록 노력을 했건
만……. 그러나 피치 못하게 얽혀들고 말았으니 어쩔 수 없는

일이지."

　다시 한숨을 쉰 노인이 운도를 지그시 바라보았다. 망설이는 것 같다.

　많은 갈등이 노인의 주름진 얼굴을 타고 흘렀다.

　운도는 마른침을 꿀꺽 삼키며 노인의 결정을 초조하게 기다렸다.

　그가 강호의 은거기인이라도 좋고 아니라도 상관없었다.

　이귀율을 멋지게 때려눕힐 수 있거나, 아니면 적어도 그를 원 밖으로 몰아낼 수만 있으면 족한 것이다.

　지금으로서는 그 유일한 희망을 눈앞의 노인에게 두고 있었다.

　노인이 다시 땅이 꺼지도록 한숨을 쉬고 나서 말했다.

　"할 수 없지. 이왕 이렇게 되었으니 어쩌겠어? 늙어 노망이 든 것도 아니고…… 대체 왜 이 녀석의 일에 참견해서 스스로 귀찮아진담. 쯧쯧—"

　신세 한탄을 하듯 중얼거린 무명노가 말했다.

　"오늘 너의 사형이라는 놈이 어떤 초식을 썼는지, 네가 그것에 어떻게 대응했는지 한번 그대로 해봐라."

　"예?"

　"이 녀석아, 어떻게 싸웠는지 봐야 그에 대응할 방법을 찾아내든지 말든지 할 수 있을 것 아니냐?"

　"그거야 쉬운 일이지요."

　자리에서 일어난 운도가 잠시 생각하더니 이귀율이 저를 상대하던 초식을 그대로 펼쳐 보이기 시작했다.

이귀율이 된 것처럼 한 치의 어긋남도 없이 재연한다.

그리고 나서 제가 이귀율을 공격하던 수법들 또한 순서대로 펼쳐 보였다.

유심히 바라보던 무명노가 빙그레 웃었다.

"네 사형이라는 그 녀석이 솜씨를 적잖이 감추고 있구나. 그 녀석이 만약 제대로 솜씨를 발휘했더라면 너는 여전히 일 초를 견디지 못하고 패대기쳐진 개구리처럼 되었을 거야. 아니, 죽어버렸을 것이다."

운도가 눈을 휘둥그레 떴다.

"아니, 노인장께서는 그가 사용한 초식이 무엇인지 아신단 말씀인가요?"

"흘흘, 내가 비록 무공은 펼칠 수 없지만 보고 들은 건 천하의 그 누구보다 많으니라. 그 녀석이 너를 때린 초식은 바로 풍사곡주 위진풍의 장법 중 제석휘풍(帝釋揮風)이라는 것이야. 위력이 강맹하고 기세가 장중하며 변화가 무궁해서 실로 보기 드문 강호의 절기라고 할 수 있지."

"아!"

"그러니 그 녀석이 사정을 봐주지 않았더라면 너는 일격에 이렇게 되고 말았을 게다."

무명노가 손으로 제 목을 긋는 시늉을 해 보였다.

운도는 믿을 수 없었다.

눈앞의 이 꾀죄죄한 노인이 자신을 숨기고 있는 강호의 절대고수가 아니고서야 어찌 재연한 몇 초식의 장법을 한 번 본 것만으로 그것의 정체를 훤히 꿰뚫을 수 있을 것인가.

그렇게 생각하자 절로 마음이 떨리면서 긴장되었다.

'강호의 은거기인들은 자신의 정체가 밝혀지는 걸 무척 싫어한다고 들었다. 그러니 이 노인장도 마찬가지겠지. 나는 끝까지 모르는 척해주는 게 좋겠다.'

생각을 마친 운도가 입을 삐죽거리며 비아냥거리듯 말했다.

"쳇, 그렇게 잘 아시면 그 장법을 이길 초식도 아시겠군요? 지난번처럼 얼렁뚱땅 엉터리로 가르쳐 줘서 내가 또 얻어터지면 그때는 노인장에게 화풀이를 하겠어요."

흘흘, 웃은 무명노가 옷소매를 떨치고 나섰다.

"이 녀석아, 잘 봐라. 초식 하나를 더 가르쳐 줄 테니까 내일은 그걸로 싸워봐. 어쩌면 지난번처럼 그놈의 얼굴을 한 대 또 때릴 수 있게 될지도 모르지."

말을 마친 무명노가 다시 한 개의 초식을 시범해 보였다.

운도는 정신을 집중해서 무명노가 보여주는 투로를 뚫어지게 바라보았다.

그것은 온전한 것이 아니라 어떤 장법의 한 부분인 것 같은 초식이었다.

모두 다섯 개의 변식으로 이루어진 것으로써, 지극히 빠르고 기세가 맹렬하며 변화가 자유로웠다. 초식을 뒷받침하는 신법 또한 거기에 걸맞게 가벼우면서 재빨랐다.

이리저리 다섯 번 방위를 바꿀 때마다 발의 위치와 나가고 들어오는 시간에 미묘한 차이가 생긴다.

그것은 검진삼협 위진평의 장법들과는 또 다른 분위기를 띠고 있었다.

가벼운 중에 호쾌하고 자유분방하다는 느낌을 받았던 것이다. 그래서 운도는 그 일초 오변의 장법 초식에 호기심을 느꼈다.

시연을 마친 무명노가 가쁜 숨을 헐떡거리며 주저앉았다.

몇 개의 동작을 펼쳐 보이는 것만으로도 저렇게 힘들어하는 노인이 대체 어떻게 온 산을 뒤지고 다니며 약초를 캐는 건지 알 수 없다.

"할 수 있겠느냐?"

한동안 숨을 그른 무명노가 의심스럽다는 얼굴로 물었다.

"안 되겠으면 한 번 더 보여주랴?"

말은 그렇게 했지만 제발 그러지 않았으면 좋겠다는 간절함이 얼굴 가득 떠올라 있었다.

운도가 입을 삐죽거렸다.

"쳇, 한 번 시범을 보여준 것만으로도 그렇게 지쳐 하시니 또 보여달라고 하면 저를 욕하실걸요?"

"흘흘, 영특하구나. 그나저나 한 번 보았으니 할 수 있겠지?"

여전히 미심쩍어하는 눈길을 건넨다.

운도가 옷소매를 걷어붙이고 나섰다.

슬쩍 앞발을 내딛더니 이내 조금 전 무명노가 시범 보였던 그 초식을 그대로 재연하기 시작했다.

내딛고 물리는 발걸음이 미끄러지듯 하며 좌로 틀고 우로 기울이는 신법이 판에 박아낸 듯 똑같았다.

그러한 보법과 신법의 튼실함에 몸을 맡기고 주먹을 뻗어 후려치고 장으로 감싸 돌며 슬며시 다리를 들어 음충맞게 걸어차거나 걸어 넘기는 모습이 노인이 해 보였던 그것과 한 치도, 한 호흡도 다르지 않았다.

노인의 눈에 이채가 어렸다.

홀린 듯이 운도의 움직임에서 눈을 떼지 못하던 무명노가 기어이 '아!' 하고 놀란 외침을 터뜨렸다.

"네 녀석은 정말 특이하구나, 특이해!"

"뭐가 말씀입니까?"

운도가 초식을 마치고 서서 묻자 노인이 앞으로 나섰다.

"어디, 이것도 한 번 보고 그와 같이 할 수 있는지 보자."

말을 마치기가 무섭게 다시 하나의 초식을 시범 보이기 시작했다.

운도는 그것이 앞서 배웠던 것과 이어지는 초식임을 한눈에 알아보았다.

그것의 투로가 가지고 있는 연속성과 호흡이 앞서의 것과 다르지 않았던 것이다.

노인이 초식을 끝내고 기진맥진한 모습으로 털썩 주저앉기 무섭게 운도가 나섰다.

그리고 역시 노인이 보여주었던 그 투로를 그대로 재연했다.

그것이 끝나자 처음에 배웠던 것들부터 차례로 다시 한차례 펼치기 시작했는데, 그렇게 세 개의 초식을 연이어 펼치자 그것들을 하나씩 연습할 때와는 사뭇 느낌이 달랐다.

초식을 펼치는 동안 운도는 저도 모르게 그것에 흠뻑 빠져들어 모든 것을 잊었다.

머릿속에는 오직 자신이 지금 펼치고 있는 장법에 대한 궁금증만 가득할 뿐이었다.

대체 이게 어떤 장법인지 모르지만 이 장법을 처음부터 끝까지 다 배울 수 있다면 좋을 것 같았다.

쾌속함을 비결로 삼고 변화를 시전자의 자유 의지에 맡기는 장법의 정신이 더없이 좋았던 것이다.

운도는 그 장법이 자신의 성향과 딱 맞는다고 생각했다. 그래서 거듭 다섯 번을 반복하고 나서야 아쉬운 마음을 달래며 멈추었다.

무명노는 그때까지 눈을 부릅뜨고 운도의 동선을 바라보고 있었는데, 운도가 손을 멈추자 '아―' 하고 긴 탄성을 뱉어냈다.

"모르겠구나, 정말 모르겠어."

"무얼 말씀입니까?"

운도가 이마의 땀을 닦아내며 묻자 노인이 고개를 흔들었다.

"너는 원래 이 장법을 알고 있었느냐?"

"무슨 말씀입니까?"

“그렇지 않고서야 어찌 한 번 본 것만으로 그처럼 완벽하게 재연할 수 있단 말인고?”

“쳇, 별로 어려운 것도 아니던데요, 뭐.”

“어허—”

노인이 하얗게 눈을 흘기더니 탄식하고 중얼거렸다.

“나는 그동안 이 장법을 누구에게도 가트쳐 준 적이 없다. 그런데 이 녀석은 한 번 보고 그 안의 변화와 초식 간의 미묘한 조화에 대해서 알아냈으니 이걸 믿어야 할지……”

인상을 잔뜩 쓰며 고개를 갸웃거리던 노인이 다시 말했다.

“너는 앞 초식이 뒤 초식을 이끌어내고 뒤 초식이 다시 앞 초식의 변화를 살려내는 그 묘한 이치를 느꼈느냐?”

“그건 잘……”

운도가 머리를 갸웃거렸다.

거듭 생각해 봐도 제가 뭘 어떻게 했는지 알 수 없었던 것이다.

오직 초식 그 자체의 오묘한 매력에 흠뻑 빠져서 모든 걸 잊고 몰입했을 뿐이다.

그런데 그렇게 몇 차례 연습하는 동안 저도 모르게 무언가 새로운 경지로 나아갔던 모양이다.

노인이 한숨을 쉬었다.

“나는 이쯤에서 그만두는 게 좋겠다.”

“무슨 말씀입니까? 이제 와서 그만두겠다니요?”

“화가 미칠 거야, 무서운 화가.”

“예? 무슨 말씀인지 모르겠군요.”

“아무튼 너는 그 세 가지의 초식을 적당히 배합하고 응용할 때까지 연마해라. 그러면 네 사형이라는 녀석과 충분히 어울려 싸울 수 있을 게다. 조만간 그 녀석을 흠씬 두들겨 패줄 수도 있게 될지 몰라.”

그거야말로 운도가 바라던 바다. 그래서 나머지 부분도 더 가르쳐 달라고 조르려는데 노인이 손을 내둘렀다.

“그거면 충분해. 비록 삼 초에 불과하지만 네가 어떻게 배합하고 응용하느냐에 따라서 삼십 초가 되고 삼백 초가 될 수도 있으니 말이다.”

“그게 가능하단 말인가요?”

“너라면 충분히 그렇게 할 수 있다.”

무명노가 크게 고개를 끄덕였다.

“나에게 배운 그 세 가지 초식을 진흙으로 삼아라.”

“예?”

“그걸 어떻게 주무르느냐에 따라서 수많은 모양을 만들어낼 수 있지 않겠느냐? 네 재주에 달린 일이야.”

운도가 머리를 갸우뚱거렸지만 더 이상 묻지 않았다.

노인이 다시 한숨을 쉬고 말했다.

“그 안에 있는 정신을 이미 꿰뚫었으니 수단이야 절로 따르게 되는 거지. 의식하려 들지 마라. 그러면 오히려 혼란스러워질 테니까. 그저 즐겨. 그러면 저절로 무엇이든 될 것이다.”

“그 말씀은…….”

“너에게 준비가 되어 있다면 초식이 스스로를 만들어갈 것
이라는 말이다. 너는 그저 즐기면 될 뿐이야.”
“아!”
운도는 무명노의 말속에서 쾌도왕이 말했던 것과 같은 이치
를 깨닫고 놀랐다.
쾌도왕 또한 그렇게 말하지 않았던가.

“너는 이미 비결을 알았고, 또 어떻게 해야 그걸 칼을 통해 나타
내는 건지 알게 되었다. 그게 자연스럽게 밖으로 나오게 하려면
기다릴 수밖에 없어. 억지로 하려고 하면 오히려 네 몸이 헷갈리
게 될 거다. 그러면 정말로 다시는 그렇게 할 수 없게 될지도 몰
라.”

운도는 그때 쾌도왕이 의지로 내 몸을 통제하려는 생각을
버리는 게 비결이라는 걸 말했다고 여겼다.
그리고 지금 무명노가 한 말도 그것과 다르지 않았다.
무명노가 중얼거리듯이 다시 말했다.
“작은 재주를 가진 화공은 사물의 모양을 화선지에 담기 위
해 애쓰지. 그보다 큰 재주를 가진 화공은 색과 빛을 그림에
불어넣어 주기 위해 고심하느니라. 하지만 정말 큰 재주를 가
진 화공은 그저 붓이 가는 대로 맡겨둘 뿐이니, 그는 저 하늘을
먹물 삼고 이 땅을 화폭 삼아서 천지간의 조화를 자유롭게 그
리는 것이다. 그보다 더 큰 재주를 가진 화공은 이제 그림을

잊느니라. 그저 뒷짐을 지고 오락가락하면서 자연의 풍경을 감상하고 때때로 고개를 끄덕이며 흡족해할 뿐이지. 그러니 누가 그를 보고 화공인 줄 알겠느냐?"

"아!"

운도가 감탄성을 터뜨렸다.

눈앞의 이 초라한 노인이 바로 자신의 말처럼 그렇게 그림을 잊은 경지에 오른 화공인지도 모른다는 생각이 불쑥 들었던 것이다.

그러자 마음속에 '검진삼협 위 곡주의 경지도 이와 같을까?' 하는 의문이 들었다.

그는 천하가 인정하는 절대적인 무존이었다. 열 개의 하늘 중 하나인 것이다.

'그렇다면 위 곡주의 경지도 노인장이 말한 그런 무념(無念), 무위(無爲)의 도에 이르러 있지 않을까?'

그런 생각을 하자 무명노를 바라보는 운도의 얼굴에 존경과 경외의 염이 절로 우러났다.

그것을 느낀 무명노가 깜짝 놀라 물러앉으며 손사래를 쳤다.

"이 녀석, 무슨 엉뚱한 생각을 하는 게냐? 나를 그런 눈으로 쳐다보다니?"

"노인장께서는 혹시 그림을 잊은 그 화공 같은 분이 아니신지요?"

"우허허허—"

운도의 조심스런 말에 무명노가 배를 잡고 웃었다.

"우허허— 네가 보기에는 어떠냐? 내가 그렇게 보이느냐?"

운도가 고개를 갸웃거렸다.

'하긴, 누가 이 노인장을 보고 그림을 잊은 화공과 연관시킬 수 있을 것인가? 아무래도 내가 무엇에 홀린 게지.'

아무리 뜯어보아도 무명노는 그저 초라하고 볼품없는 노인에 지나지 않았다.

어느 구석에도 절대고수로서의 기상 같은 걸 찾아볼 수 없지 않은가.

그러니 더욱 이상하게 여겨졌다.

'하지만 그의 말은 예사롭지가 않다. 나에게 가르쳐 준 장법도 그렇지 않은가.'

운도는 골이 아파졌다.

대체 무명노의 정체가 무엇인지 궁금해 미칠 지경이었다.

그러나 무명노는 태연하기만 했다.

그가 다시 말했다.

"이 넓은 세상에서 내가 말한 그와 같은 절대자는 단 한 명이 있을 뿐이다. 나는 영광스럽게도 그 사람의 이름을 알고 있지."

"그게 누구입니까?"

"절대천마 풍약헌."

"아!"

운도가 감탄성을 터뜨렸다.

그 이름은 벌써 운도의 가슴속에 지울 수 없는 영웅의 이름
으로 새겨져 있지 않던가.

"노인장께서도 그분에 대한 일을 알고 계셨군요?"

"알다마다. 그가 세운 위대한 업적을 모르는 자가 이상한 거
지."

"그렇다면 백도의 십천은 어느 경지에 올라 있을까요?"

"큰 재주를 가진 화공이겠지. 하늘을 먹물 삼고 이 세상을
화선지 삼아 천지간의 조화를 자유롭게 화폭에 담아내는 그런
경지에 올라 있을 것이다. 하지만 그림을 잊는 경지에는 오르
지 못한 게야. 그게 그들의 한계이고, 풍약헌 같은 영웅에게 패
할 수밖에 없는 이유였다."

무명노의 말에는 확신이 있었다.

운도가 놀란 눈으로 그를 바라보았다.

"노인장께서는 어찌 그리 확신하시는지요?"

"흘흘, 풍약헌을 알고 백도십천을 아는 사람들이라면 누구
나 그렇게 생각하느니라. 하긴, 그만한 경지에 오른 사람들도
수백 년에 한 번 나올까 말까 하니 대단한 일이지. 그런 사람들
이 무려 열 명이나 동시대에 존재하고 있으니 백도의 위세가
하늘을 찌를 것처럼 욱일승천하는 것도 이상한 일이 아니야."

노인의 말은 틀림이 없었다. 그러나 단운도의 마음속에는
이제 백도십천이 시시하게만 여겨졌다.

그들과 같은 경지에 오르기 위해서는 노력만으로 되는 게
아니라는 것도 안다.

타고난 천품이 있어야 하고 인연이 있어야 하는 것이니 그 것은 하늘이 그들에게 내린 축복이라고 해도 틀리지 않을 것이다.

그러나 운도의 눈은 더 높은 곳, 그림을 잊고 천지간을 유유히 노니는 바로 그 한 사람에게 고정되어 있었다.

절대천마 풍약헌.

운도는 오직 그 한 사람만을 가슴속에 담아두었다.

그러니 백도십천이 흡족하게 여겨질 리 없었다.

그들 열 사람이 모여도 풍약헌 한 사람만 못하다는 게 증명되었으니 더욱 그렇다.

풍사곡으로 돌아온 운도는 그날 밤도 꼬박 서웠다.

피로하면 가부좌를 틀고 앉아 천마심공을 운기했는데, 어느덧 그의 신공은 능숙한 경지에 이르러 잠시만 운기를 해도 피로가 씻은 듯 가셨다.

단전에 뿌듯한 기운이 느껴지더니 날로 커져서 지금은 오리알만 한 크기로 뭉쳐 운기할 때마다 오르락내리락했다.

그렇게 되면 절로 기분이 상쾌해지고, 몸 안에 힘이 충만해졌다.

천마심공은 그 성취가 여타의 신공들과는 비교할 수 없이 신속하고 강력한 신공이었던 것이다.

운도는 아직 그것의 효능을 완전히 알지 못했으나, 소정의 어머니로부터 받은 그것이 절세의 신공이라는 것을 이제는 확

신할 수 있었다.

신공의 운기로 피로가 가시면 그 즉시 무명노에게서 배운 세 가지 장법을 반복해서 수련했다.

처음에는 천천히 한 수 한 수를 음미하면서 춤을 추듯 움직였는데, 그렇게 초식 속에 깃들어 있는 의미를 깊이 생각하면서 수련을 하자 저도 모르는 사이에 새로운 정신이 운도의 뼛속에 새겨졌다.

그것은 무한한 자유에 대한 정신이었으며 무한한 힘에 대한 갈망과 열정이었다.

무명노가 전해준 그 세 수의 장법은 자유로운 정신에 기반을 두고 있는 절기가 틀림없었다.

초식의 투로와 변화가 일정하게 정해져 있지 않았던 것이다.

그 안의 변화는 또 다른 변화를 창조했고, 그것의 투로는 제멋대로 길을 열었다.

따라서 그것을 의식하지 않고 따를 때에 새로운 변화와 기운이 샘솟듯이 마구마구 솟아나오는 것이었다.

"아!"

운도가 손을 멈추고 서서 탄성을 터뜨렸다.

"이 장법은 정말 신기하구나. 어떻게 이럴 수 있단 말인가?"

아무리 생각해도 알 수가 없었다. 그러니 무명노는 생각을 버리라고 했던 모양이다.

버리는 것. 그것이 이름도 알 수 없는 그 세 초식의 장법이 감추고 있는 정신이고 비결이었던 것이다.

그건 누구나 불가능하게 생각할 수밖에 없는 일이었다.

어떻게 초식의 변화에 대한 연구와 효과에 대한 성찰 없이 무공을 창안하고 펼칠 수 있을 것인가.

어떻게 이기고자 하는 의지 없이 초식을 전개해 싸울 수 있을 것인가.

춤을 추는 것도 보아주는 사람이 있어야 신명이 나고, 피리를 부는 것도 들어주는 사람이 있어야 흥이 나는 것 아니던가.

그러나 무명노의 세 초식 장법은 보아주는 이 없어도, 들어주는 이 없어도 스스로 신명이 나고 흥이 나는 그런 것이었다.

운도는 그 정신이 너무나 좋았다.

비록 세 초식이라는 형식이 있었으나 그것은 흥을 이끌어내고 창조적인 정신을 이끌어내기 위한 수단에 지나지 않았다.

그 장법의 진정한 묘법은 무한한 자유에 있었다. 그러므로 초식이 없고 투로가 없으며 사념이 없다. 오직 무한한 변화와 투지가 있을 뿐이다.

그러므로 그건 강력한 힘에 이르는 길을 보여주는 장법이었다.

날이 훤히 밝아올 무렵 운도의 눈에는 그 길이 어렴풋이 보이기 시작했다.

온몸에 기력이 충만하게 차오르고, 투지가 용암처럼 들끓어올랐다.

운도는 그 하룻밤 사이에 전혀 다른 사람이 된 것 같았다.

다음날.

운도가 씩씩한 모습으로 북무관에 나타났을 때 그를 기다리고 있던 사람들은 모두 놀랄 수밖에 없었다.

그가 어제 엉망이 된 얼굴을 하고 북무관을 떠났을 때 사람들은 누구나 한 일주일 고생해야 상처가 아물 것이라고 여기며 비웃었다.

그런데 하루 만에 저토록 멀쩡한 얼굴로 나타났으니 놀라지 않으면 그게 오히려 이상하리라.

다음으로 사람들을 의아하게 한 건 운도의 태도였다.

이귀율에게 그토록 처참하게 깨졌으면 기가 죽었을 만도 한데 운도에게서는 조금도 그런 모습을 찾아볼 수 없었다.

어제보다 더욱 팔팔하고 기세등등한 모습이 되어 씩씩하게 다가오고 있지 않은가.

위진평 또한 그런 운도를 의아한 얼굴로 바라보았다.

그 위진평에게 인사를 한 운도가 이귀율을 마주 보고 섰다.

아무 말도 하지 않았다.

자신을 지켜보고 있는 사람들의 따가운 시선을 조금도 느끼지 못하는 것 같았다.

"시작해."

그의 말에 이귀율이 떫은 감 씹은 듯한 얼굴을 하고 위진평을 힐끔 바라보았다.

위진평이 무표정한 안색으로 고개를 가볍게 끄덕였다.

“하—”

한숨을 내쉰 이귀율이 원 안으로 들어갔고, 운도가 주먹을 불끈 쥐고 그를 노려보았다.

“차핫!”

매섭게 소리치며 들이치는 수법은 첫날 이귀율에게 무지막지하게 얻어터질 때 썼던 바로 그 장법이었다.

황룡장이다.

이귀율이 한심하다는 듯 혀를 찼다.

황룡장으로 저를 상대하려 드는 운도가 도대체 정신이 있는 놈인지 없는 놈인지 모르겠다는 얼굴이다.

위잉—

그런 이귀율을 후려치는 운도의 손바닥에서 무거운 바람 소리가 났다.

초식은 여전히 황룡장의 그것인데, 거기에 실려 있는 기세가 첫날과는 다르게 펄펄 살아 있었다.

하지만 그것의 동선을 낱낱이 꿰뚫고 있는 이귀율에게는 여전히 가소롭기만 한 일이 아닐 수 없었다.

이귀율이 슬쩍슬쩍 몸을 움직여 겁없이 달려드는 운도의 권장을 매끄럽게 흘려보냈다.

그 신법의 우아함과 정교함이 역시 남다른 데가 있다.

운도가 그렇게 열 번을 때리는 동안 이귀율의 비웃음은 더욱 짙어져만 갔다.

그들의 싸움을 지켜보는 다른 사람들도 모두 한숨을 쉬었다. 어제보다는 좀 더 재미있는 구경을 하기 원했던 기대감이 실망으로 바뀌었던 것이다.

운도가 오늘도 여지없이 얻어터지고 말 게 뻔하지 않은가.

"운도야, 그렇게 해서는 안 돼."

보다 못한 위서향이 낮게 꾸짖었다.

"황룡장법으로 대사형을 상대하다니 정신이 있는 거냐?"

그녀가 보기에도 그건 말이 안 되는 일이었다.

그러나 단 한 사람.

위진평만은 점점 안색이 굳어가고 있었다.

운도의 장법을 바라보는 눈에 신광이 번쩍이기까지 했다.

"이얏!"

운도가 다시 매서운 기합성을 터뜨리며 이귀율에게 무섭게 달려들었다.

여전히 황룡장법의 초식이다.

그것이 윙윙거리며 사방을 에워싸고 숨 쉴 새 없이 들이치는데, 그 위력은 내공을 싣지 않은 것이라고 믿기 힘들 정도였다.

"지겹다!"

이귀율이 처음으로 손을 뻗어 운도의 장력을 쳐내며 꾸짖었다.

부웅—

그의 주먹이 운도의 얼굴을 노리고 힘차게 뻗어나왔다.

"흥!"

운도가 코웃음을 쳤다.

한 대 맞으면 코뼈가 무너지고 말 이귀율의 주먹을 조금도
두려워하지 않는 것이다.

운도의 왼손이 이귀율의 주먹에 척 걸쳐졌다. 가볍게 비틀
며 감아 돌리자 이귀율의 어깨가 그 힘을 따라 돌아갔다.

"어?"

이귀율이 깜짝 놀랐고, 바라보고 있던 사람들도 그랬다.

초식은 분명히 황룡장법이었다.

용조접신(龍爪接神)이라는 것으로 교묘한 금나수의 한 가지
였던 것이다.

이제는 누구나 황룡장법을 배워서 으숙하게 알고 있지 않던
가.

하지만 사람들은 운도가 펼쳐 보인 그 한 수의 용조접신이
라는 수법이 저토록 교묘하고 신통한 위력을 보였다는 게 의
아하기만 했다.

다른 사람도 아니고 이귀율을 그 초식으로 잡아 돌렸으니
그렇다.

이귀율의 놀람은 더욱 컸다.

황룡장법의 투로는 물론 비전이라고 할 수 있는 묘법까지
훤히 꿰뚫고 있는 제가 운도의 용조접신 수법에 말려들었으니
그렇다.

"이놈이 무슨 꿍꿍이냐!"

버럭 외친 그가 수세를 버리고 적극적인 공세로 나섰다.

어깨를 털어서 운도의 손을 뿌리치기 무섭게 몸을 흔들며

다가섰는데, 좌로 움직이는 건지 우로 나아갈 건지 종잡을 수
없게 하는 신묘한 운신법이었다.

운도가 잠깐 어리둥절해서 손을 늦춘 사이에 이귀율의 손은
벌써 그의 얼굴에 닿고 있었다.

훅, 하고 무거운 바람이 끼쳐 온다.

쾅! 하는 소리가 나야 정상이다.

그것과 함께 운도가 피를 뿜어내며 뒤로 날려가야 정상인
것이다.

위서향과 청향이 질끈 눈을 감았다.

"아앗!"

그녀들의 귀에 파고드는 비명 소리.

"엇?"

그리고 사람들의 놀란 외침 소리.

그녀들이 눈을 떴을 때 눈앞에는 놀라운 광경이 펼쳐지고
있었다.

운도가 어느덧 원 안으로 들어서서 이귀율의 품속으로 파고
들었고, 이귀율의 주먹은 운도의 어깨에 걸쳐져 있었던 것이
다.

퍽!

갑자기 올려친 무릎에 이귀율의 허리가 푹 꺼져 들어갔다.

퍽퍽!

좌우의 팔꿈치가 작은 원을 그리듯이 연이어 이귀율의 턱을
가격했다.

　상체가 흔들 하고 기울었던 이귀율이 '으얍!' 하고 우렁찬 기합성을 터뜨렸다.

　어느새 그는 뒤로 두 걸음이나 밀려나 뒤꿈치가 선에 아슬아슬하게 걸려 있었다.

　불끈 힘을 써서 몸을 바로 세운 이귀율이 운도를 맹렬하게 치고 밀어냈다.

　윙윙거리는 바람 소리가 귀 따갑게 터져 나온다.

　그의 입술은 터져서 피가 철철 흘러내렸고, 두 눈은 분노와 노여움으로 한껏 부릅떠져 있었다.

　준수하던 모습이 나찰처럼 흉측하게 변했다.

　이를 박박 갈면서 살기로 번쩍이는 눈을 부릅뜨고 있으니 더욱 끔찍해 보인다.

　이처럼 코를 맞댈 듯이 근접해서 벌이는 박투에 대해서는 아미파의 무공이 유용했다.

　비구니들이었지만 그들의 권장법은 숨 막히도록 치열한 박투술에 묘법을 두고 있었던 것이다.

　운도가 즉시 아미파의 천수불장 초식을 펼쳐 이귀율의 공세에 대응하기 시작했다.

　며칠 전에 보였던 천수불장과는 사뭇 달라져 있고, 청향 비구니가 펼쳐 보였던 원래의 그것과도 달랐다.

　묘한 변화가 깃들었던 것이다.

　운도에 의해서 천수불장은 새로운 모습으로 변화한 것 같았다.

운도의 두 손이 공격과 수비의 초식을 한꺼번에 토해내면서 이귀율의 독 오른 공세를 상대했는데 조금도 밀리지 않았다.

아차 하는 순간에 뼈가 박살 나고 살이 뭉개질 것같이 위험한 박투의 순간이 숨 가쁘게 거듭되었다.

이귀율에게는 이제 단 반걸음도 물러설 마음이 없고, 운도는 반의반 걸음이라도 그를 몰아내기 위해서 이를 악물고 있었다.

그러니 그들은 서로 씩씩거리는 숨소리를 들어가며 눈을 맞댄 채 번개처럼 움직일 수밖에 없었다.

오고 가는 손발이 너무 빨라서 대체 누가 공격을 하고 누가 수비를 하는 건지 알 수가 없을 지경이었다.

십여 초가 순식간에 지나갔다.

운도의 낯빛이 창백해졌다.

본래의 힘에 있어서 이귀율을 당할 수 없었던 것이다.

이제 열여섯 살이 되어가는 소년의 힘이 이십대 후반인 청년의 힘을 어찌 감당할 것인가.

비록 내공이 실려 있지 않다고 해도 이귀율의 넘쳐 나는 힘은 빠르게 운도를 압도해 갔다.

빠악!

기어이 운도의 가슴에서 끔찍한 격타음이 터져 나왔다.

"으음—"

운도가 신음을 흘리며 비틀거리고 밀려났다.

이를 악물고 있지만 그 지독한 고통에 의한 신음을 삼킬 수 없었다.

"이놈!"

득달같이 쫓아 들어온 이귀율의 독기 오른 발이 운도의 가슴 깊이 다시 틀어박혔다.

쾅!

조금 전보다 더 큰 타격음이 터져 나왔고, 운도의 몸이 내던져진 짚 인형처럼 허공에 떠오르더니 그대로 날려갔다.

두어 장이나 그렇게 튕겨 나간 그가 쿵! 하는 요란한 소리를 내며 맨땅에 처박혔다.

몸을 웅크리고 뒹굴며 울컥울컥 피를 토해넌다.

"아!"

위서향과 청향 비구니가 동시에 자지러지는 비명을 터뜨렸고, 이귀율은 아직도 분이 풀리지 않았는지 다시 몸을 날려 운도에게 덮쳐 갔다.

그가 발을 번쩍 들어 운도를 걷어차려는 순간 위진평이 비로소 무겁고 싸늘하게 소리쳤다.

"그만!"

第六章

첫 승리

마룡의
후예

일렁이는 유등의 심지가 깜박였다.

기름이 다해가는지 검은 연기를 토해내며 흔들릴 때마다 벽을 타고 꺾인 커다란 그림자가 음산하게 물결쳤다.

무거운 어둠과 더 무거운 적막.

그 속에 석상이 된 것처럼 앉아 있는 사람은 검진삼협 위진평이었다.

그의 얼굴은 무섭도록 굳어져 있었다. 석고를 발라놓은 것 같을 지경이다.

아버지의 그와 같은 모습은 처음 보는 것이라 그 앞에 앉아 있는 위서향은 숨이 막힐 것 같았다.

긴장감이 그녀의 어깨를 사정없이 짓누른다.

"그 아이가 매일 풍사곡 밖으로 나갔다는 걸 나도 알고 있었느니라."

"……"

"내가 궁금한 건 어디에 가서 무엇을 하고 돌아다니느냐 하는 것이다."

위서향이 머리를 조아리고 대답했다.

아버지 앞에서만큼은 아직까지 어리광도 부리고 떼도 쓰는 그녀였지만 지금은 조심하고 두려워하는 기색이 역력했다.

아버지로서가 아니라 풍사곡의 곡주를 대하고 있는 것이다.

"산 아래의 숙현으로 내려가곤 합니다."

"거기는 왜?"

"송번성에 있을 때 만났던 지인 한 사람이 그곳에 와서 푸줏간을 열었다는군요. 이 먼 곳에서 아는 얼굴을 만났으니 반가워서 그런 게 아닌가 합니다만……."

"푸줏간이라고?"

"쾌도왕이라고 불리는 사람인데 삼십대 후반으로 보이는 장한이었습니다."

그 말에 위진평이 눈살을 찌푸렸다. 안색마저 살짝 변한다.

"너도 가보았단 말이냐?"

"저뿐만 아니라 백풍산과 하군악, 청향이 모두 함께 간 적이 있습니다."

"으음—"

위진평이 더욱 눈살을 찌푸렸다.

그들이 외출하는 것을 무어라고 나무랄 수는 없었다. 다만 푸줏간의 백정을 보러 갔다는 게 마음에 걸릴 뿐이다.

게다가 단운도가 매일 그곳에 찾아가 한나절을 소일하고 돌아온다는 게 왠지 꺼림칙했다.

"쾌도왕이라고 불런단 말이지?"

"그렇습니다."

"한낱 푸줏간의 백정에게 그런 어마어마한 호칭이 붙을 일이 있단 말이냐?"

그건 강호의 절정고수에게나 어울릴 만한 호칭 아닌가.

위진평의 물음에 위서향이 비로소 고개를 들어 아버지를 바라보며 말했다.

"그자의 고기를 썰고 자르는 칼 솜씨가 세상에서는 보기 드문 것이라 그런 줄 압니다. 말하기 좋아하는 사람들이 제멋대로 부르는 거니 크게 신경 쓰실 일은 아닙니다."

"어떻단 말이냐?"

"고기를 썰 때는 저울에 달지 않아도 손님이 원하는 만큼만 정확히 썰지요. 그 칼질이 어찌나 재빠른지 보는 사람이 혀를 내두를 지경입니다. 고기와 뼈를 한 번에 자르는데, 그 힘과 쾌속함은 가히 입신지경에 들었다고 할 만큼 대단했습니다. 백정이 아니라 장인이라 불리고도 남을 솜씨였습니다. 신념을 가지고 한 가지 일에 매진하면 도에 통한다는 말이 무엇인지 보여주는 것 같았답니다."

"흥, 푸줏간에서 고기를 써는 일을 해서 도에 통했단 말이냐? 나는 그 말을 믿을 수 없구나.”

“소녀의 느낌이 그랬다는 것일 뿐이니 비웃지 마세요.”

“되었다. 나가 봐라.”

위진평의 시선이 다시 허공에 머물렀다.

무엇을 생각하는지 한동안 꼼짝도 하지 않았는데, 숨마저 쉬지 않는 것처럼 보일 지경이었다.

한참이 지난 뒤에 그가 탄식처럼 중얼거렸다.

“쾌도왕이란 말이지? 하필 그 외호를 가진 자가 숙현에 등장했단 말인가?”

위진평은 한 사람을 떠올리고 있었다.

쾌도왕(快刀王) 전풍(全風).

잊을 수 없는 이름이다.

마교로 불리던 홍안적성(紅顔赤城)의 무리가 중원을 어지럽혔을 때 전풍은 교주인 풍약헌을 보좌하는 십대천마 중 한 사람이었다.

백도에 십천이 있다면 마교에는 십대천마가 있다고 세상이 말하지 않았던가.

쾌도왕 전풍.

그의 쾌도는 가공함과 경이로움 그 자체였다.

당시 백도의 수많은 고수와 강호의 명숙들이 그자의 쾌도에 피를 흘리고 죽었다.

그의 칼에 맞서서 십 초를 제대로 버텨낸 고수가 없을 지경 아니었던가.

오직 절대천마 풍약헌만을 신처럼 떠받들며 그의 말 한마디에 아낌없이 제 목숨을 내던지던 자들.

십대천마.

위진평은 그들 중 한 명인 쾌도왕 전풍의 이름을 아직 잊지 못하고 있었다.

그런데 그와 같은 외호를 가진 백정 한 명이 나타났다니 마음이 편할 수가 없었다.

"내가 꼼짝하지 않고 있던 지난 십오 년 동안 대체 바깥세상에서는 무슨 일들이 벌어지고 있었단 말인가?"

돌이켜 보니 풍사곡에 은거하여 한 발짝도 움직이지 않은 세월이 벌써 십오 년이었다.

"으음—"

위진평의 낮고 무거운 한숨 소리가 어둠을 흔들었다.

무림맹에서 아무런 행동도 취하지 않은 걸로 보아 숙현의 쾌도왕이라는 자는 마교와 상관이 없을 것이라고 생각했다.

그렇지 않았다면 눈에 불을 켜고 있는 무림맹이 그자를 여태까지 그대로 놓아두고 있을 리가 없는 것이다.

게다가 삼십대 후반의 장한이라니 그자가 전풍일 리는 더더욱 없다.

"쾌도왕이라……."

중얼거린 위진평이 눈살을 잔뜩 찌푸렸다.

그래도 여전히 마음 한구석에 꺼림칙한 느낌이 가시지 않고 있었던 것이다.

그리고 또 한 사람의 이름이 자꾸만 머릿속에 어른거려 견디기 힘들었다.

사실 그 이름 때문에 위서향을 은밀히 불러 운도에 대해서 물어본 위진평이었다.

쾌도왕 전풍과 같이 십대천마 중 한 명이었던 마교의 절대고수.

장왕(掌王) 진사곤(陳史坤).

왜 갑자기 그 이름이 떠올랐는지 위진평은 아직도 의아하기만 했다.

북무관의 비무에서 대제자 이귀율을 때리던 운도의 장법을 보고 불쑥 그 이름이 떠올랐던 것이다.

이귀율을 상대하던 운도의 장법은 분명히 황룡장이었고, 아미파의 천수불장이었다.

그것과 장왕 진사곤의 장법과는 아무 상관이 없다.

그럼에도 불구하고 위진평은 운도의 장법 운용을 보면서 기억하고 싶지 않은 그자의 이름을 떠올렸던 것이다.

왜 그런 건지 여전히 알 수가 없었다.

어렴풋이 머릿속에 그려지는 어떤 환상 같은 것이 있는데, 그 실체가 뚜렷하지 않아 답답하기만 했다.

위진평이 저만의 고뇌에 빠져 있을 때 운도는 다시 폐허의 마을에 내려와 있었다.

쾌도왕을 찾아가지 않은 지 벌써 며칠이 되었다.

그가 어떻게 지내고 있는지 궁금하기도 했지만 지금은 그것보다 무명노에게서 장법을 배우는 일에 더 큰 재미를 느끼고 있는 중이었다.

"오늘도 얻어터졌느냐?"

무명노가 눈을 흘기며 혀를 찼다.

"그래도 오늘은 거의 이길 뻔했답니다."

"어떻게?"

"이 사형을 후려친 건 물론 그를 원 밖으로 밀어낼 뻔했거든요."

다시 생각해도 아쉽다는 듯 발마저 구른다.

그런 운도를 물끄러미 바라보던 무명노가 코웃음을 쳤다.

"흥, 어리석은 녀석 같으니. 그릇이 그것밖에 안 되어서야 어찌 큰일을 하겠느냐."

"내 그릇이 어때서요?"

"이놈아, 내가 가르쳐 준 장법으로 네 사형이라는 그놈을 흠씬 두드려 패줘도 부족할 텐데 뭐야? 고작 한다는 소리가……쯧쯧―"

"히히, 그래도 대제자인 이 사형을 흠씬 두들겨 패주었으니 통쾌하기만 한걸요?"

"그래서, 내일도 또 그렇게 엉망으로 깨질 테냐? 겨우 몇 대 때리고? 이놈아, 그런 걸 두고 되로 주고 말로 받는다고 하느니라."

"아, 그럼 어쩌라고요? 힘으로도 상대가 되지 않는데 말입

니다. 무식하게 밀고 들어오는 데에는 초식이고 뭐고 통하지
않더라니까요?"

"쯧쯧, 이 멍청한 놈아. 너, 바보지?"

"쳇, 남들은 다 영특하다고 하는데 바보라니요?"

운도가 볼을 부풀리자 무명노가 비웃음을 흘렸다.

"상대의 힘이 월등하다는 걸 알면서도 부족한 내 힘으로 똑
같이 부딪치려고만 하니 바보 맞는 게지."

"그럼 달아나요?"

"이 바보 녀석아, 너는 바람에 흔들리는 갈대도 보지 못했느
냐?"

"봤지요."

"바람이 갈대를 이기는 것 보았느냐?"

"예?"

"갈대는 결코 바람에 맞서려고 하지 않는다. 불어오면 흔들
리고 견디지 못할 지경이 되면 아예 누워버리지. 그러니 바람
이 아무리 거세다 해도 갈대를 꺾을 수가 없지 않겠느냐?"

"……!"

"거기에 비해서 나무라는 놈을 봐라. 그놈은 제 뿌리가 깊고
줄기가 튼튼하다며 오만하게 버티고 서 있지. 어지간한 바람
쯤은 비웃기만 한다. 하지만 큰 바람이 불면 가지가 꺾이고 기
어이 뿌리째 뽑혀 드러눕고 말지 않더냐?"

"그럼……."

"네가 하는 그 짓을 두고 계란으로 바위를 친다고 하는 게야."

“…….”

“잘 들어라. 상대의 힘이 나보다 세다면 그 힘을 피할 줄 알아야 하는 거야. 이걸 보겠느냐?”

무명노가 작은 나뭇조각 한 개를 놓더니 돌멩이 한 개를 그 앞에 가져다 놓았다.

그리고 손가락으로 돌멩이를 강하게 튕겼다.

그것에 맞은 나뭇조각이 퍽! 하는 소리와 함께 뒤로 주르륵 밀려났다.

“봤지? 또 보거라.”

이번에는 돌멩이를 나뭇조각의 정면이 아니라 모서리에 맞혔다. 그러자 나뭇조각이 빙글 돌면서 움직였을 뿐 조금 전처럼 밀려나지 않았다.

“어때? 알겠느냐?”

“아!”

운도가 탄성을 터뜨렸다.

“그러니까 상대의 힘을 흘려보내는 거로군요? 그 힘의 중심에서 비껴서면 가능한 일이라는 거지요?”

“그렇다. 그러면 적은 힘으로 큰 힘을 상대할 수 있으니 상대의 힘이나 장력이 나보다 굳세다고 해서 겁먹을 필요 없지.”

“하지만…….”

“또 뭐?”

“나는 어떻게 해야 그처럼 교묘하게 움직일 수 있는지 모르는걸요?”

“이런, 이런 교활한 녀석 같으니.”

눈을 흘긴 무명노가 약초 바랑을 밀쳐 내고 일어섰다.

“잘 봐라.”

두 손으로 원을 그리듯 허공을 휘저으며 이리저리 몸을 움직이고 방위를 바꾸어 디뎠는데, 그 운신법이 신묘하고 황홀했다.

운도가 눈을 부릅뜨고 한 동작 한 동작을 뚫어지게 바라보았다.

기회는 단 한 번뿐이라는 걸 운도는 잘 알고 있었다. 무명노는 결코 거듭 보여주는 법이 없었던 것이다.

잠깐 동안이었지만 운도에게는 그 시간이 마냥 계속되는 것처럼 느껴졌다.

무명노의 춤사위 같기도 한 그 움직임은 끊어짐이 없이 이어졌다.

마차의 바퀴가 굴러가는 것과 같다. 시작이 없고 끝이 없는 둥근 원이기도 했다.

“잘 봤겠지?”

무명노가 숨을 헐떡이며 물었지만 운도는 여전히 멍한 눈길로 노인이 움직였던 그 공간을 바라보고 있기만 했다.

“이놈이? 벌써 잊어버린 게냐?”

무명노의 채근하는 소리도 듣지 못한 것처럼 멍해져 있는 운도의 머릿속에서는 여전히 노인의 춤사위가 계속되고 있는 중이었다.

그것은 무한히 이어지는 무엇이었다.

무명노의 두 손이 그려 보였던 크고 작으며 빠르고 느린 원들이 허공에 가득 찼고, 춤을 추듯 흐느적거리던 그 부드럽고 가벼운 움직임이 둥근 바퀴처럼 계속 굴러갔다.

원은 어디가 시작이고 어디가 끝인지 알 수 없는 것 아니던가.

무명노가 보여준 초식은 바로 그와 같은 것이었다.

"아!"

한참 만에야 운도가 정신을 차리고 탄성을 터뜨렸다.

그 즉시 저도 모르는 흥에 이끌려 춤을 추었는데, 무명노가 보여주었던 그것과 한 치도 다르지 않았다.

작은 원을 그리는 손이 허공의 한 점을 낚아채고, 큰 원을 그리면서 그것을 돌린다.

광대가 크고 작은 공을 이리저리 던지고 받아내는 것 같기도 했다. 둥근 고리를 쉬지 않고 허공에 굴리는 것 같기도 하다.

몸을 비틀 때는 갈대가 바람에 눕는 것 같았고, 방향을 바꾸어 나아가고 물러서거나 맴돌 때는 그 부드러움이 물결치는 비단결 같았다.

제 몸을 원의 중심축으로 삼아서 맴돌며 영원히 그렇게 크고 작은 원을 만들어낼 것만 같다.

흥에 겨워 어깨를 들썩이며 그것을 지켜보던 노인이 저도 모르게 불쑥 말했다.

“이놈이 이게 정말 물건이란 말이야.”

영원히 끝나지 않을 것 같던 운도의 춤사위가 멎었다.

운도가 이마의 땀을 닦아내며 환하게 웃었다.

“이건 정말 신나는 무공이군요. 대체 이름이 뭐라고 하는 거죠?”

“그런 건 알 것 없고, 이로써 너는 이제 하나의 완전한 장법을 배운 거니라.”

“그럼 이 춤이 앞서 배웠던 세 개의 장법 초식과 상관이 있는 거였군요?”

“그 네 가지 초식이 하나의 장법을 이룬 거지.”

“그런데 노인장께서는 이런 기막힌 장법을 대체 어떻게 아시는 겁니까?”

아무래도 수상하다는 듯한 운도의 눈길 앞에서 무명노는 태연하기만 했다.

“엉뚱한 생각 하지 마라. 나는 강호의 고인도 아니고 기인도 아니니까. 그저 죽을 날이 멀지 않은 늙은이에 지나지 않아. 에휴—”

“그럼 이 장법은 대체 뭡니까?”

“산속을 헤매다가 동굴에서 책을 한 권 주웠는데 거기 그려져 있더라. 호신이라도 할까 해서 틈틈이 익혀두었던 것이야. 그 덕분에 장년 이후로는 어디 가든 껄렁거리는 건달패 놈들을 두려워하지 않을 수 있게 되었지. 지금이야 힘이 없고 기력이 쇠해서 다 소용없지만 말이다.”

"쳇, 그런 허무맹랑한 얘기를 내가 믿을 것 같아요?"

"믿거나 말거나 네 마음대로 해라.'

"어쨌든 이 장법은 정말 마음에 들어요. 내일은 곡주 앞에서 보란 듯이 대사형을 이길 수 있겠는걸요?"

"응? 곡주 앞이라고?"

운도가 무심코 내뱉은 말에 무명노가 깜짝 놀랐다.

"왜요? 며칠 전부터 곡주님이 몸소 나와서 나와 대사형과의 싸움을 지켜보시는걸요? 우리가 싸운다는 걸 아셨던 거예요."

"어허, 이놈아!"

무명노가 버럭 소리쳤다.

"그런 얘기를 왜 이제야 해!"

"언제 물어보시기나 했나요? 그리고 나와 대사형 간의 다툼을 알았으니 곡주님이 궁금해하는 것도 당연한 일 아니겠어요?"

"어허, 다 틀렸구나, 다 틀렸어."

무명노가 발을 구르며 탄식했다.

운도는 대체 왜 그리는 건지 이해할 수가 없었다.

한동안 한숨만 푹푹 내쉬던 무명노가 번쩍이는 눈으로 운도를 노려보았다.

그리고 엄숙하기 짝이 없는 얼굴이 되어서 무겁게 입을 열었다.

"이제부터 너는 곡주 앞에서 절대로 나어게서 배운 장법을 사용하지 않는 게 좋겠다."

"왜요? 그걸 쓰지 않으면 대사형에게 이길 방법이 없는걸요?"

"어른 말을 들어!"

"쳇, 사용하지도 못할 거면 무엇 때문에 가르쳐 주셨담."

운도가 볼을 부풀렸다. 불만이 가득하지만 무명노는 더욱 무섭게 채근하기만 했다.

"그리고 아무에게도 내 이야기는 하지 않도록 해라. 그걸 약속할 수 있겠느냐?"

"걱정 마세요. 아무에게도 이야기하지 않았으니까요. 누구도 내가 여기 온다는 걸 아는 사람이 없어요."

"그나마 다행이다."

무명노가 고개를 숙이고 잠시 무엇을 생각하더니 결심한 듯 말했다.

"이제 다시는 이곳으로 나를 찾아오지 마라."

"아니, 왜요? 대체 무슨 일인데 그러세요?"

"오지 말라면 오지 마. 나도 날이 밝는 대로 여기를 떠날 테니까 와봐야 헛일일 게다."

"끝내 약속을 지키지 않으실 셈이군요?"

운도가 울 듯한 얼굴을 했다. 무명노가 어리둥절해한다.

"뭐라고?"

"이 장법을 사용하지 못하면 나는 결국 대사형과의 싸움에서 질 수밖에 없을 거예요. 그러면 그는 나를 내쫓겠지요. 아니, 죽일지도 몰라요."

"그건……."

"대사형의 손에서 나를 구해주어서 목숨 빚을 갚겠다고 하더니 말짱 거짓말이었군요."

"……."

무명노가 난감하다는 얼굴로 멍하니 운도를 바라보았다.

이럴 수도 없고 저럴 수도 없어서 난처해하는 것 같았다.

이제는 오히려 무명노가 울 듯한 얼굴이 되었다.

한숨을 푹푹 내쉬며 고개를 떨어즈린 채 한동안 말이 없던 노인이 탄식을 하더니 알 수 없는 푸념을 늘어놓았다.

"여기까지 헤쳐 나아왔는데 이 나이에 이 몸이 되어서 세상에 더 미련을 둘 게 뭐 있겠어? 오히려 추해질 뿐이지. 그냥 깨끗하게 끝내는 게 좋겠구나. 하긴, 나는 그동안 최선을 다했으니 부끄러울 게 없다. 하늘이 정해놓은 내 길이 여기까지라면 받아들일 수밖에. 지난 세월 동안 누구도 하지 못했던 큰일 한 가지를 해놓았으니 저승에 가도 위안은 되겠구나."

푸념을 마친 무명노가 애처로운 눈으로 물끄러미 단운도를 바라보았다.

무언가 할 말이 있는 듯 입을 오물거리지만 끝내 아무 말도 하지 않았다.

"대체 뭐라고 하신 겁니까?"

운도가 묻자 노인이 쓴웃음을 지으며 고개를 가로저었다.

"알 것 없다. 그래, 네 말이 맞다. 약속을 했으니 끝까지 지켜야겠지."

운도의 얼굴이 당장 환하게 밝아졌다.

"그럼 떠나지 않으실 거죠?"

"대신 내일 싸움으로 모든 걸 끝내라. 더 이상 네 사형이라는 녀석과 투덕거리는 건 무의미해."

"내일 내가 이길 수 있다는 건가요? 그럼 이 장법을 써도 되는 건가요?"

"네 마음대로 하렴. 내일 모든 걸 화끈하게 끝내 버리자꾸나."

노인의 얼굴이 더욱 쓸쓸해졌다.

운도는 내일은 반드시 이귀율을 꺾고야 말겠다는 투지와 그럴 수 있다는 희망에 부풀어 노인의 그런 표정을 간과했다.

자신의 거처로 돌아온 운도는 그날 밤도 제대로 잠을 자지 못했다.

머릿속에 무명노에게서 배운 장법 초식들이 아른거려 그냥 누워만 있을 수가 없었던 것이다.

그러면 벌떡 뛰어 일어나 네 개의 초식으로 된 이름 모를 그 장법을 연습하고 또 연습했다.

그렇게 네 개의 초식을 연이어 펼치자 흩어진 구슬을 꿰듯이 줄줄 엮이는 것이 신기했다.

어느 곳 하나 막히거나 끊어지는 곳이 없고, 어느 곳 하나 어색한 곳이 없었다.

처음부터 시작해서 마지막 초식까지 한 번에 죽 밀고 나가면 거기서 또다시 초식이 시작되었는데, 그건 마치 전혀 새로운 초식의 문을 열고 들어가는 것 같았다.

그러니 그 네 개의 초식은 꼬리에 꼬리를 물고 영원히 순환하는 무한초식인 것이나 마찬가지였다.

온갖 변화가 자유자재로 생겨났다.

장법의 운용에 익숙해질수록 운도는 제가 마음먹는 대로 손발이 움직여 주고 몸이 움직여 주며 보법이 생성되는 데에 이루 말할 수 없는 기쁨과 재미를 맛보았다.

운도는 이 장법이야말로 나를 모든 속박에서 벗어나 자유로워지게 해주는 것이라고 생각했다.

그러므로 그것은 도사들과 중들이 그토록 갈망하는 도(道)와 통하는 길이기도 했다.

그들은 주문과 법문을 통해서 그 길에 이르려고 하지만 운도는 이 장법을 통해서 누구나 그 길에 이를 수 있을 것이라고 생각했다.

대체 이토록 심오하고 이토록 높은 정신을 바탕으로 한 장법을 누가 남겼는지 궁금해 미칠 것 같았다.

여기에 막중한 내력이 실린다면 더욱 우력적이면서, 더욱 활기차게 되지 않겠는가 하고 생각하자 저의 미흡한 내공이 아쉽기만 했다.

누구도 그 변화를 예측할 수 없는 장법을 지니게 되었으니 이제 이귀율이 두렵지 않았다.

그를 이길 수 있다는 자신감에 가득 차서 운도는 피곤한 것도 잊은 채 어서 날이 밝기만을 기다렸다.

*   *   *

"아!"

운도와 이귀율의 싸움을 지켜보던 모두의 입에서도 놀란 외침이 터져 나왔다.

운도의 주먹이 이귀율의 턱을 돌려 버리고, 걷어차는 발길질에 이귀율이 비틀거렸던 것이다.

빠바박!

다시 운도의 번개 같은 주먹과 장이 이귀율의 몸뚱이를 사정없이 두드려 댔다.

지독하게 빠른 연타였다.

쾌도왕의 그 재빠른 칼솜씨라고 해도 지금 운도가 이귀율을 두드리는 주먹과 장의 눈부심에는 미치지 못할 것 같았다.

이귀율은 넋을 잃고 있었다.

운도의 주먹에 가격당할 때마다 온몸이 맥없이 흔들거릴 뿐이다.

그것이 전해주는 충격에 머릿속이 멍해지고 눈이 풀렸다. 의식을 잃기 일보 직전까지 내몰린 것이다.

운도가 어깨를 불쑥 들이밀어 이귀율의 가슴에 부딪친 것과 동시에 좌우 팔꿈치를 도리깨처럼 휘둘러 쳤다.

빠악!

이귀율의 좌우 턱에서 돌이 깨지는 것 같은 요란한 소리가 터져 나왔다.

내공을 사용하지 않았다고 하지만 운도의 주먹과 팔꿈치에 실린 위력은 무섭기 짝이 없었다.

매번 타격을 가할 때마다 체중을 실었으니 그렇다.

아무리 운도보다 체구가 좋고 힘이 좋은 이귀율이라고 해도 그 주먹과 장에 거푸 가격을 당하고 나자 충격을 감당할 수 없었다.

"으으으—"

그가 엉망으로 깨진 얼굴을 한 채 피를 철철 쏟아내며 고통스러운 신음성을 흘렸다.

쾅!

그런 이귀율을 사정없이 강타하는 마지막 일격.

이귀율이 비틀거리더니 쿵쿵거리며 다섯 걸음이나 물러났다.

기어이 제가 그린 원 밖으로 밀려나갔음은 물론 그대로 풀썩 고꾸라져 의식을 잃고 널브러진다.

사람들은 제가 본 것을 믿을 수 없었다.

입을 딱 벌리고 찢어지도록 눈을 부릅뜬 채 그 광경을 바라보기만 했다.

그들은 오늘도 운도가 떡이 되도록 얻어터진 채 나가떨어질 것이라 예상하고 있었다.

운이 좋으면 이귀율을 몇 대 때릴 수 있을지 몰라도 그 짓은 어제 보았듯이 오히려 이귀율의 화를 돋울 뿐이다.

그래서 비웃음을 흘리고 있었는데, 싸움이 시작되자마자 기가 막히는 상황이 연출되고 말았던 것이다.

"시작해!"

언제나와 마찬가지로 그 한마디를 던진 운도가 매섭게 달려들었는데, 사용하는 장법은 여전히 황룡장과 천수불장이었다.

그는 무명노의 말을 떠올리고 그가 가르쳐 준 장법을 쓰고 싶다는 욕망을 가까스로 억누른 것이다.

대신 그것의 묘용과 정신을 제가 구사하는 장법에 접목시켰다.

"저런, 저런. 운도야, 그러면 안 돼!"

안타까운 나머지 위서향이 발을 동동 굴러가며 소리쳤고, 청향 비구니도 주먹을 꼭 그러쥔 채 울먹였다.

그러나 오늘 운도의 움직임은 어제와 사뭇 달랐다.

구사하는 수법은 분명 어제의 그것인데 느낌은 어제의 그것이 아니었다.

구경하던 사람들이 모두 고개를 갸웃거리며 한숨을 쉬었다. 왜 다르다는 느낌을 받게 되는 것인지 명확하게 알 수 없어서 답답했던 것이다.

그러나 운도의 부드럽고 물 흐르듯 막힘없는 움직임을 바라보는 위진평은 달랐다.

그의 안색이 점점 침중해지더니 운도가 이귀율의 연이은 주먹과 장을 감싸 돌리는 걸 보면서는 드디어 침을성마저 발했다.

운도의 몸은 바람 앞의 갈대 같았다.

이귀율이 작심하고 위력적인 주먹을 날리고 장을 뻗어 밀어내며 후려치지만 그때마다 교묘하게 그의 힘을 이끌어 중심에서 벗어나게 하고 있었던 것이다.

그러니 이귀율의 주먹은 제 힘을 반의반도 제대로 살려내지 못했다.

그게 화가 나서 이귀율은 거친 숨을 내뿜으며 더욱 악독하게 몰아쳤다.

내공을 싣지 않은 주먹질이라고 해도 그것에 한 대 제대로 맞는다면 뼈가 함몰되거나 박살 나고 말 위력이 실려 있었다.

그 위험성을 누구보다 잘 알고 있는 위서향의 안색은 아예 밀랍처럼 창백하게 질려 버렸다.

그녀의 눈에는 운도가 위태로워 보이기만 했다. 아슬아슬하게 겨우 이귀율의 공세를 피하고 있는 것처럼 보였던 것이다.

행운이라고 생각할 수밖에 없었다.

그런 행운은 오래가지 않을 것이다. 그래서 위서향은 이귀율의 주먹이 바람을 가르고 뻗어나올 때마다 가슴이 철렁하고 내려앉았다.

그건 청향 비구니도 마찬가지여서, 그녀는 위서향의 옷자락을 움켜쥔 채 아슬아슬한 순간이 닥칠 때마다 “아이고!”, “저를 어째!”, “엄마야!” 하고 비명을 터뜨리곤 했다.

운도는 아무 생각도 하지 않고 있었다.

그의 눈에는 오직 이귀율만이 커다랗게 보였고, 귀에는 그
가 내쉬는 숨소리만이 천둥소리처럼 들릴 뿐이었다.

그러니 위진평의 얼굴이 무섭게 굳어지는 것도, 위서향과 청
향 비구니가 비명을 지르는 것도 볼 수 없고 들을 수 없었다.

운도는 이귀율의 주먹이 얼마나 위험한 것인지도 깨닫지 못
한 채 오직 제 뜻대로 움직여 주는 변화와 몸의 상태에 대해서
환희를 느끼고 있었다.

그는 무명노에게서 어제 보고 배웠던 도인(導引)과 운신의
비결을 황룡장과 천수불장에 실어 응용하고 있었다.

그러니 다른 사람들이 보기에는 어제와 똑같은 초식이었지
만 그건 전혀 다른 것이기도 했다.

그걸 제일 잘 느끼는 사람은 역시 운도와 맞서 싸우고 있는
이귀율이었다. 그래서 그의 눈은 점점 불신으로 커져 갔다.

'이놈이 무슨 사술을?

그런 의문과 함께, 하룻밤 사이에 달라진 운도의 움직임에
대하여 경악하지 않을 수 없었다.

그럴수록 더욱 투지를 불태우며 풍사곡 비전의 장법을 쏟아
냈지만 상황은 조금도 나아지지 않았다.

그리고 기어이 품 안으로 뛰어든 운도의 주먹과 발길질에
온몸을 내맡기는 형편이 되고 말았다.

아무리 그것을 피하려고 해도, 아무리 막거나 쳐내려고 해도
도대체 운도의 주먹이 어디에서 튀어나오는지 알 수 없었다.

권장은 마치 어둠 속에 숨어 있다가 불쑥 찔러오는 창 같았

고, 운신은 형체가 없는 투명한 인간이 움직이는 것 같았다.

이귀율이 받은 그런 느낌을 다른 사람은 이해하지 못하는 게 당연하다.

싸움이 시작되고 얼마 지나지 않아 이귀율은 변변한 저항다운 저항도 해보지 못한 채 고스란히 당하고 말았다.

운도와 보름을 약속할 때는 느긋하기만 했는데, 구 일째 되는 날 기어이 수치를 당한 것이다.

"이놈!"

이귀율이 기어이 나가떨어져 의식을 잃고 말자 위진평이 저도 모르게 주먹을 움켜쥐고 노성을 터뜨리며 앞으로 나섰다.

'아차!

하지만 그는 이내 자신의 실태를 깨달았다.

놀랍도록 냉정한 자기 자신에 대한 통제력이었다.

"으음—"

운도를 바라보고 이귀율을 바라보는 그의 눈에 말할 수 없이 복잡한 감정이 떠올랐다.

그리고 그 안에는 누구도 알지 못할 그만의 놀람과 두려움이 깊이 감추어져 있기도 했다.

第七章
커지는 의혹

마룡의
후예

“운도야, 어떻게 된 일이지? 이게 정말 사실이란 말이니?”

“보았잖아.”

“그래도 나는 내가 본 것을 믿을 수가 없구나.”

“그럼 말고.”

청향 비구니의 손을 꼭 잡고 서서 운도를 바라보는 위서향의 얼굴에는 여전히 놀람과 흥분, 그리고 불신이 가득했다.

청향 비구니는 흥분으로 얼굴이 발갛게 상기되어 있었다.

그녀가 위서향의 손을 놓고 쪼르르 달려와 운도의 손을 꼭 잡았다. 그리고 마구 흔들어대며 높게 재잘거렸다.

“대사형을 때린 게 천수불장이었지? 그렇지? 내 눈은 못 속여. 호호, 역시 우리 아미파의 절기는 고명해 그렇지 않아?”

위서향의 얼굴에 문득 그늘이 드리웠다.

그녀 또한 운도가 이귀율을 후려치던 장법이 천수불장이라는 걸 알아보았던 것이다.

'우리 풍사곡의 절기가 아미파의 절기보다 못할 리가 없어.'

그렇게 믿지만 운도와 이귀율의 싸움의 결과를 지켜본 그녀는 가슴속 깊은 곳에 어두움이 깃드는 걸 어쩔 수 없었다.

"이제 어쩔 셈이니?"

그녀가 한숨과 함께 그렇게 말했다. 많은 의미가 내포되어 있는 한마디였다.

운도가 그녀의 말을 알아듣지 못할 리 없다.

자신이 생각해 봐도 이귀율과 이제는 씻지 못할 원한을 맺게 된 건 물론, 풍사곡 전체와 그렇게 되었다고 해도 과언이 아니었다.

'내가 더 이상 이곳에 머물러 있을 필요가 있을까?

그래서 운도의 마음속에 문득 그런 회의가 들었다.

'하지만……'

망설임이 생기는 건 애틋한 눈길로 바라보고 있는 위서향 때문이었다.

풍사곡의 무공 따위는 이제 아무 상관도 없었다.

오직 이곳을 떠나면 그녀와도 영영 헤어지게 되는 것 아닌가, 다시는 그녀를 볼 수 없게 되는 것 아닌가 하는 두려움이 운도를 망설이게 했다.

위서향이 슬픈 얼굴이 되어서 바라보았다.

"아버지가 화를 내시면 나로서도 너를 지켜줄 수가 없어. 그러니……."

더 늦기 전에 서둘러 이곳을 떠나라는 말을 해주고 싶었는데 위서향은 차마 그 말을 하지 못했다.

운도가 생각하고 있는 것과 같은 이유 때문이다.

방 안에 무거운 침묵이 흘렀다.

운도와 위서향 두 사람은 고개를 폭 숙인 채 옷자락만 만지작거리고 있었다.

마음속에 있는 수많은 말을 한마디도 꺼내놓을 수 없었고, 서로를 위해서 더 이상 아무 말도 해줄 수 없었다.

운도에게도 위서향에게도 애절하고 간절한 마음이야 넘쳐났지만 그것을 말하기에는 둘 사이의 벽이 너무 높았던 것이다.

심상치 않은 그들의 분위기를 알지 못하는지 청향 비구니가 불쑥 나섰다.

"별일 없을 거야. 곡주님 앞에서 공개적으로 비무를 한 건데, 뭐. 비무를 하다 보면 다치는 경우도 생기고 그리는 거지. 안 그래?"

그러나 그녀의 재잘거리는 말은 운도와 위서향 두 사람에게 아무런 위안이 되지 못했다.

"아이참, 답답하게 이러고들 있을 거야? 뭐 언니, 내 말이 맞지 않아? 비무를 하면 이기는 사람이 있고 지는 사람이 있게 마련이잖아. 어제까지는 운도가 졌는데 오늘은 대사형이 졌다고 해서 그게 뭐 잘못된 일이겠어? 안 그래?"

위서향의 옷소매를 흔들며 제 말에 동의해 달라고 떼를 쓰듯 말하는 건 청향 역시 운도에 대한 걱정 때문이었다.

그가 혹시 잘못될까 봐 두려워하는 것이다.

"휴―"

한참 만에야 운도가 길게 한숨을 내쉬었다.

"아무래도 나는 이제 이곳을 떠나는 게 좋겠어."

"뭐라고?"

운도의 말에 청향이 깜짝 놀랐다.

"가긴 어딜 간다고 그래? 십천의 무공을 배우지 않겠단 말이야? 네 사부님의 기대를 저버리겠단 말이야? 그건 안 돼!"

매섭게 말하며 운도 앞으로 나와 두 팔을 벌리고 가로막아 선다.

운도가 머리를 흔들었다.

"너, 작은 계집애 중이 뭘 안다고 떠들어? 너는 열심히 수련해서 십천지주의 희망을 실현해라. 나는 이제 그만두겠어."

"미쳤어?"

청향이 울 듯한 얼굴이 되어 빽 소리쳤다.

위서향도 주춤거리며 나와 운도의 손을 붙잡았다.

"운도야, 너, 너……."

물기 젖은 눈으로 바라볼 뿐 더 이상 말을 하지 못한다.

그녀를 마주 보던 운도가 머뭇거리다가 기어들어 가는 음성으로 말했다.

"위 누이, 나는… 누이를… 내가 이곳을 떠난다고 해서 위 누이와의 인연도 끝나는 건 설마 아니겠지? 그러기를 바라."

운도의 마음이 굳다는 걸 안 위서향이 말없이 고개만 끄덕였다. 두 눈 가득 눈물이 고인다.

운도가 처연하게 미소 지었다.

"그래, 그러면 됐어. 언제든 위 누이를 다시 만날 수 있으면 돼. 다시 만났을 때 위 누이가 나를 모르는 척만 하지 않아주면 돼. 나도 그럴 테니까."

"어디로 갈 거니? 갈 데는 있어?"

그 말에는 운도가 머뭇거리지 않고 대답했다.

"집으로 돌아갈 거야."

"송번성?"

"응. 거기 친구들이 있으니까."

"네 사부님은?"

"그분은……"

운도의 얼굴이 다시 어두워졌다. 잠시 생각하던 그가 결연하게 말했다.

"안 돌아오셔."

"뭐라고?"

"그분은 이제 돌아오시지 않아."

운도의 말이 단호해서 위서향은 물론 청향도 깜짝 놀랐다.

운도는 그렇게 확신하고 있었다. 그분은 이제 영영 돌아오지 않을 것이라고 믿는다.

운도가 방 안으로 들어가더니 잠시 후 제 옷 보따리를 안고 나왔다.

가진 짐이라고는 그게 전부였다.

그걸 보면서 위서향은 그가 언제든 홀가분하게 떠날 수 있는 준비를 해두고 있었다는 걸 알았다. 무정한 사람이라고 생각한다.

"가겠어. 곡주님께는 미안하다고 말씀드려 줘. 인사도 드리지 못하고 떠나는 걸 말이야."

위서향이 이를 악물고 울음을 참으며 고개를 끄덕였다.

"너, 너……."

청향이 새파랗게 질린 얼굴로 운도의 손을 꼭 잡았다.

"정말 이렇게 갈 거야?"

"너에게도 미안한 일이 많았다. 다음에 다시 만나면 그때는 잘해줄게. 열심히 수련해서 꼭 십천지주가 되길 바란다."

"이 바보…… 우왕—"

청향이 기어이 울음을 터뜨렸다.

부끄러운 줄도 모르고 운도의 가슴에 안겨 펑펑 운다.

잠시 그녀의 작은 어깨를 쓸어주던 운도가 한숨을 쉬었다.

"수련이 다 끝나면 송번성으로 와도 좋아. 내가 그곳의 좋은 경치들을 구경시켜 줄게."

"정말 그래도 돼? 구박하지 않을 거지?"

청향 비구니가 눈물 젖은 얼굴을 들어 운도를 빤히 바라보왔다.

운도가 쓴웃음을 지었다.

"그때는 네가 나보다 훨씬 무서운 고수가 되어 있을 텐데 내가 어떻게 너를 구박할 수 있겠니? 언제든 와 오면 반갑게 맞이해 줄게."

청향 비구니를 떼어놓은 운도가 위서향 앞에 섰다.

"보고 싶을 거야, 매일매일."

위서향이 고개를 끄덕이는 걸로 제 마음도 그와 같다는 걸 말했다.

운도가 그녀의 손을 다정하게 잡았다. 파르르 떨고 있는 작고 보드라운 손이었다.

"위 누이를 잊지 못할 거야. 언제든 다시 만날 수 있기를 바라. 그 희망을 버리지 않겠어."

"나도 꼭 그렇게 되기를 바랄게."

기어이 위서향의 두 볼을 타고 눈물이 방울져 떨어졌다.

그녀는 운도가 저도 청향처럼 그렇게 안아주기를 바랐다. 하지만 운도는 그렇게 하지 못했다.

머뭇거리고 망설이다가 한숨을 쉬고 돌아설 뿐이다.

"잘 있어."

탄식과 함께 그 한마디를 남기고 터벅터벅 걸어 그동안 머물렀던 화평각을 미련없이 떠난다.

멀어지는 운도의 뒷모습을 멍하니 바라보는 위서향의 가슴 속에 무거운 바윗덩이 하나가 내려앉았다.

영영 지울 수 없는 제 청춘의 상처라는 걸 느낀다.

"갔어……."

청향이 울먹이며 운도가 사라진 텅 빈 공간을 바라보고 중얼거렸다.

"우왕—"

그리고는 기어이 위서향의 품속으로 뛰어들어 크게 울음보를 터뜨렸다.

"괜찮아. 다시 만나게 될 거야. 꼭."

청향의 등을 다독이며 위로의 말을 해주고 있지만 위서향의 두 볼에도 눈물이 흘러내렸다.

*　　　*　　　*

"기어이 일을 저지르고 말았구나."

무명노의 한숨에 낡은 삼층 누각이 무너져 내릴 것 같았다.

운도는 애써 태연한 척하고 있었지만 마음속에 가득한 비감(悲感) 때문에 입을 꾹 다물고만 있었다.

거푸 한숨을 내쉰 무명노가 체념한 듯 중얼거렸다.

"하긴, 이렇게 될 걸 알고 있었지. 네 녀석에게 장법을 다 전해주었을 때 이미 이렇게 될 줄 알고 있었던 게야. 그러니 이제 와서 왜 그랬느냐고 따진들 무엇 하겠어? 그렇지 않으냐?"

"……."

"잘했다. 아주 속 시원하게 잘했어."

“…….”

“그래, 풍사곡주의 대제자라는 그놈을 패줄 때의 기분이 어떻더냐? 날아갈 것 같든? 좋아 죽을 뻔했어?”

운도에게서 여전히 아무 말이 없자 무명노가 다시 넋두리하듯 중얼거렸다.

“그랬겠지. 왜 안 그렇겠어? 나라도 좋아 죽었겠다. 하지만 말이다, 그렇다고 해서 내가 네놈에게 한 약속이 끝난 게 아니니 그게 문제다. 나는 억울하기 짝이 없어. 재수가 없어서 네놈에게 한 번 목숨을 빚진 것까지는 좋다. 하지만 그 대가로 두 번이나 네놈을 살려주어야 하니…… 너 같으면 억울하지 않겠느냐?”

“예?”

운도가 비로소 반응을 했다.

“두 번이라니요?”

“흘흘, 두고 보면 알겠지. 그나저나 나한테 신세 졌지? 그렇지?”

“그런 셈이지요.”

“이놈아, 사내자식이 말을 확실하게 해야지! 그러면 그렇고 아니면 아닌 거지, 그런 셈이라니?”

“예, 크게 신세를 졌습니다.”

“오냐, 그래야 확실하지. 그렇다면 내 말 한 가지를 들어다오. 무슨 일이 있어도 들어주겠다고 약속해야 한다.”

“뭔데 그러십니까?”

"나쁜 일은 아니다. 그러니 약속부터 해. 설마 내가 네놈더러 다시 죽으라고 하겠느냐? 그러니 어서 약속해라."

무명노에게 서두르는 기색이 완연했다. 그러니 운도는 더욱 궁금해질 수밖에 없었다.

그가 대답하지 않자 무명노가 발까지 구르며 호통을 쳤다.

"어허, 이런 고얀 놈을 보았나! 어서 약속하지 못해? 딱 한 번만 내 말을 반드시 따르겠다고 약속하면 된단 말이다! 두 번도 아니고 한 번이다! 그런데 그걸 못하겠다고 하지는 않겠지?"

"에휴, 할 수 없군요. 약속하지요."

"남아일언은?"

"천금보다 무겁습니다."

그제야 무명노가 안도의 표정을 지었다.

"도대체 노인장께서는 무슨 비밀이 그렇게 많습니까?"

"비밀이라니? 나 그런 거 없다."

"정말 그렇다면 노인장의 성함이라도 가르쳐 주십시오."

"그건 알아서 뭐 하게?"

"이제 이곳을 떠나면 언제 다시 만나게 될지 모르지 않습니까? 그동안 맺고 쌓은 정이 있는데 성함조차 모른다면 노인장을 추억할 때마다 아쉬운 마음이 될 것 아니겠습니까?"

운도는 진지하게 말하지만 무명노는 그렇지 않았다.

"흘흘. 하긴, 그럴 수도 있겠지. 하지만 저절로 알게 될 테니 보챌 것 없느니라. 때가 되면 다 알게 되고 이루어지게 되고 그러는 게 세상일이니라."

"쳇."

"한 가지 구결을 불러주마. 잘 새겨들어야 한다. 한 자도 빠뜨리지 말고 기억해야 해."

"예?"

운도가 뭐라고 하기도 전에 무명노의 입에서 알아듣기 힘든 말들이 줄줄 흘러나왔다.

운도는 노인이 딱 한 번만 가르쳐 준다는 걸 잘 알고 있었다. 그래서 의문은 일단 접어두고 노인이 읊어대는 알 수 없는 구결을 머릿속에 열심히 새겨두었다.

비교적 간단한 것이어서 다행이었다. 책 한 권 정도 되는 구결이었다면 어찌 한 번 들은 걸로 죄다 기억할 수 있을 것인가.

일백여 자 되는 구결 읊기를 마치자 노인이 다시 말했다.

"경공신법의 구결이다."

"그럼 이게 운기의 비결을 담은 것이로군요?"

"흘흘, 그렇지. 운기를 해야 경공신법을 펼칠 수 있을 것이니 운기의 비결이야말로 가장 중요한 것이지."

"이것도 노인장께서 동굴에서 얻었다는 그 책 속에 있던 겁니까?"

"이 녀석아, 잘 알면서 뭘 물어? 어쨌든 그 구결을 머릿속에 단단히 기억하고 있으면서 수시로 연습을 해야 하느니라."

"그러면 뭐가 달라지나요?"

"흘흘, 내가 강호의 일은 잘 모르지만 그 운기의 비결에 따라 경공신법을 펼친다면 바람보다 빠르게 달릴 수 있게 될 것이다. 너를 따라잡을 자가 그리 많지 않을걸?"

"아!"

운도가 깜짝 놀라 머릿속으로 가만히 방금 들은 비결을 떠올려 보았다. 그러느라고 잠시 둘 사이에 침묵이 깃들었다.

운도는 아직 경공신법에 대해서는 한 가지도 배우지 못하고 있었다. 사부인 등 선생도 가르쳐 주지 않았던 것이다.

그는 오직 풍운검법 한 가지만 지난 십여 년 동안 정성을 다해서 엄하게 가르쳤을 뿐 아니던가.

풍사곡에 와서도 경공신법에 대해서는 배우지 못했던지라 서운해하던 터다.

그러던 중에 뜻하지 않게 무명노에게서 경공신법의 구결을 얻게 되었으니 기쁨이 샘솟았다.

"이건 뭐라고 하는 절기인가요?"

"그냥 경공신법이야. 이름 따위가 그렇게 중요하다면 네 녀석이 멋진 걸로 한 개 붙여주렴."

"쳇, 원래 이름도 없는 것이었군요? 절기 맞아요?"

"흘흘, 곧 그 진가를 네 스스로 확인할 수 있게 되겠지. 아니면 좋고."

"뭔가 있군요? 그렇지요?"

운도의 얼굴이 심각해졌다.

노인이 한 가지 약속을 하라고 강요할 때에도 긴가민가했는데, 경공신법을 전해주고 나서 다시 하는 말이 무언가 불길한 느낌을 강하게 받았던 것이다.

무명노의 표정이 심각해졌다.

잠시 무엇엔가 주의를 집중하던 노인이 다급하게 말했다.

"가라!"

"예?"

"어서 가! 그 경공신법을 시험할 때란 말이다! 뒤도 돌아보지 말고 달려!"

"대체 무슨 일인지 말씀을 해주셔야……."

"어허!"

무명노의 표정에 다급함이 가득했다. 아니, 두려움인 것도 같고 망설임인 것도 같았다.

운도로서는 무명노가 왜 이처럼 갑자기 서두르는 건지 이해할 수 없었다.

"내 말을 한 번 들어주겠다고 약속하지 않았느냐? 바로 지금이 그때다. 어서 가라니까!"

무명노가 발까지 구르며 소리쳤다.

운도가 마지못해서 포권했다.

"그럼 부디 몸……."

"이놈아! 지금 그런 쓸데없는 말을 하고 있을 때냐? 어서 가지 못해!"

와락 달려든 무명노가 운도를 돌려세우더니 등을 마구 떠밀었다.

마지못해 걸음을 떼어놓으면서도 운도는 마음이 답답하기만 했다.

무명노와 이렇게 헤어져야 한다는 게 서운한데, 대체 무슨 영문인지 알 수가 없으니 더욱 그렇다.

반쯤 떨어져 나간 문을 밀려던 운도가 깜짝 놀라 멈추어 섰다.

한 사람이 문 앞에 우뚝 서 있었던 것이다.

언제 왔는지, 아니, 처음부터 거기 그렇게 서 있었던 것처럼 여겨질 만큼 기척도 없었다.

"고, 곡주님……?"

운도가 당황해서 뒤로 물러섰다.

"늦었구나, 늦었어."

그의 등 뒤에서 무명노의 탄식이 들려왔다.

풍사곡주.

검진삼협 위진평.

십천의 일인인 그가 거기 말없이 서 있었던 것이다.

지난 십오 년 동안 한 번도 풍사곡 밖으로 나온 적이 없는 그인데, 오늘은 스스로 금제를 깨고 이곳에 찾아왔다.

그 사실만으로도 단운도는 말할 수 없는 긴장과 함께 알 수 없는 두려움을 느끼고 떨었다.

본능이 날카롭게 위험하다는 경고음을 발하고 있었다.

위진평은 음침한 어둠 속에서 괴괴한 침묵을 두르고 번쩍이는 눈으로 운도를 노려보기만 했다.

운도는 알 수 없는 긴장감에 가슴이 오그라드는 것만 같았
다.

"너는 어디로 가려는 것이냐?"

위진평이 낮고 무겁게 말했다.

운도의 이마에 진땀이 배어났다.

"저는, 저는… 집으로 돌아가려고……."

"흥!"

그의 낮은 코웃음 소리가 천둥소리보다 크게 들리는 것이어
서 운도의 낯빛이 새파랗게 질렸다.

어떻게 변명을 해야 할지 몰라 당황하는데 뒤에서 무명노가
날카롭게 소리쳤다.

"어서 이리로 오지 못해!"

그 말이 구원의 말이라도 되는 것처럼 운도가 후다닥 무명
노 곁으로 돌아갔다.

무명노가 그의 어깨를 잡아 자신의 뒤로 돌려세우면서 낮고
빠르게 속삭였다.

"내가 잠시 붙들어두고 있겠다. 어서 저 창문으로 뛰어내려!
뒤도 돌아보지 말고 달아나야 한다!"

운도는 겁에 질린 눈으로 위진평을 보고 게 뒤에 있는 창문
을 보았다.

삼층에서 뛰어내린다는 것도 망설여지지만 위진평의 저 알
수 없는 음침한 분위기는 더욱 무섭고 끔찍했다.

운도로서는 위진평의 저와 같은 모습을 처음 보는 것이라

놀랍고 두렵기만 하다.

"어서!"

그런 운도를 짧고 낮게 꾸짖은 무명노가 태연하게 위진평을 마주하고 포권했다.

"위 곡주, 그동안 평안하셨소? 보지 못한 사이에 더 젊어진 것 같구려?"

"흥!"

위진평의 싸늘한 코웃음이 다시 터져 나왔다.

그가 날카로운 눈길로 무명노를 훑어보며 말했다.

"놀라운 일이군. 당신이 아직 이렇게 살아 있다니 말이야. 그때, 황망령의 싸움에서 죽은 게 아니었던가?"

무명노가 그때를 회상하듯 어두운 얼굴이 되어 흐흐, 하고 음침한 웃음을 흘렸다.

"흐흐, 그때 너희들은 무려 일천여 명의 고수들을 동원해서 내 뒤를 쫓았지."

"……."

무명노가 와락 자신의 앞가슴 옷자락을 젖혔다.

가슴에 길게 뻗어나간 상처가 드러났다. 커다란 지렁이 한 마리가 달라붙어 있는 것처럼 징그러운 모습이었다.

"봐라. 이것이 바로 그때의 검상이다."

"으음—"

노인이 옷자락을 더욱 젖혔다. 그러자 복부에도 창에 찔린 것처럼 깊은 자상이 새겨져 있는 게 드러났다.

"흐흐, 이건 위대한 신창께서 내 곰에 남겨준 영광의 상처
지."

"……."

"비겁한 놈들. 너희들은 비겁했다. 십천이라고? 흥, 백도의
십천이라고 으스대던 놈들이 그토록 야비할 줄이야."

그때, 벌써 이십 년도 훨씬 넘은 그때의 일이 낱낱이 떠올라
위진평을 한숨짓게 했다.

그때는 백도십천이 마교십대천마를 척살하기 위해 백도연
합을 이루어 전력을 기울이고 있을 때였다.

황산의 황망령에서 장왕 진사곤을 잡은 자들은 무당의 진양
자 담옥천과 산동의 하가신창 하운봉이었다.

그들이 일천 명의 수하 고수들을 풀어 천라지망을 치고 몰
이꾼이 맹수를 몰 듯해서 겨우 잡은 것이다.

그리고 그때 장왕 진사곤은 그들과의 싸움에 패해 죽었다.

담옥천의 검에 맞고 하운봉의 창에 찔린 채 깊고 깊은 황망
령 아래의 골짜기로 추락했으니 누구도 그가 살아날 수 있으
리라고는 믿지 않았다.

그 후로 진사곤의 모습이 강호에서 사라져 버렸으므로 아무
도 그의 죽음에 대하여 의심하지 않았다.

그런데, 그런데 지금 그가 이렇게 멀쩡한 모습으로 자기 앞
에 서 있지 않은가.

위진평은 당혹스럽지 않을 수 없었다.

경계의 마음이 드는 중에 은근히 두려워지기도 한다.

운도가 믿을 수 없다는 얼굴로 고개를 갸웃거렸다.

'아니, 이 노인장이 백도십천과 싸웠다고? 어떻게 그럴 수가……?'

아직 무명노의 진정한 신분을 알지 못하니 어리둥절할 수밖에 없다.

그리고 위진평이 문 앞을 막아선 채 꼼짝하지 않고 있다는 것도 의문이었다.

그는 무엇을 망설이는지 방 안으로 들어오려 하지 않고 있었다.

위진평과 무명노 사이에서 무거운 침묵이 흘렀다.

두 사람 모두 서로를 바라보며 꼼짝하지 않는 건 물론 말도 하지 않았다.

한참 그런 시간이 흐르고 나서 위진평이 천천히 시선을 돌려 무명노 뒤에 있는 운도를 바라보았다.

"이리 오너라."

"고, 곡주님……."

"지금이라도 늦지 않았다. 나에게 돌아온다면 이 모든 일을 잊고 다시는 말하지 않겠다."

무명노가 화가 잔뜩 나서 소리쳤다.

"흥, 헛소리!"

그러더니 운도를 홱 돌아보았는데, 잡아먹을 것처럼 무서운 눈빛이 와르르 쏟아져 나왔다.

"이 녀석! 아직도 안 가고 뭘 망설이고 있는 게냐? 당장 꺼지지 못해! 설마 나와의 약속을 저버리려는 건 아니겠지?"

"그렇지만……."

운도가 망설이는 건 무명노 때문이었다.

위진평이 어떤 사람인지 잘 알기 때문이다.

무명노는 그의 손가락질 한 번에도 피를 토하고 쓰러져 죽어버릴 것이다.

그가 마음만 먹는다면 제아무리 발 빠르게 달아난다고 한들 열 걸음도 떼어놓기 전에 붙잡히고 말지 않겠는가.

그런 위진평을 겁도 없이 막아서고 있는 무명노의 배짱이 놀랍기만 했다.

"어서 가라. 내 걱정은 하지 말고! 저놈은 나를 어떻게 하지 못해!"

운도의 마음을 안다는 듯 무명노가 다시 재촉했다.

운도로서는 그 말이 더욱 이해할 수 없는 것이었다.

'위 곡주가 무명노를 어떻게 하지 못한다고? 아니, 어째서?

과연 위진평이 냉큼 방 안으로 뛰어들어 저를 잡지 않고 있는 게 무명노 때문일지도 모른다는 생각이 불쑥 들었다.

그러자 눈앞의 노인에 대하여 더욱 어리둥절하게 된다.

운도가 여전히 망설이기만 하자 무명노가 귓속말을 했다.

"너는 쾌도왕을 죽일 셈이냐?"

"예? 아니, 노인장께서 어떻게 그를……."

"지금 네가 가지 않으면 쾌도왕이 죽게 된다. 위진평은 나를 함부로 대하지 못해. 그러니 내 걱정은 하지 말고 어서 쾌도왕에게로 가라. 그러면 그가 모든 걸 말해줄 것이다.”

화살을 쏘듯 빠르게 말하고 난 무명노가 운도의 어깨를 철썩 때렸다. 어서 가라는 무언의 재촉이다.

운도는 그 말에 정신이 번쩍 들었다.

이게 대체 무슨 일인지 아무래도 여기서 알아보려고 하기보다는 쾌도왕에게 물어보는 게 낫겠다는 생각이 든다.

제가 가지 않으면 그가 죽는다니 다급한 마음도 되었다.

그것도 왜 그런지 알 수 없는 일이지만 더 지체하고 있을 수가 없었다.

보아하니 무명노의 말처럼 위진평은 함부로 날뛰지 못하는 것 같지 않은가.

운도는 무명노가 자신의 한 몸을 충분히 지킬 수 있을 것이라고 생각했다.

“그럼 보중하소서.”

운도가 한숨을 내쉬고 나서 포권했다.

위진평에 대해서도 포권하고 작별의 인사를 한다.

“곡주님의 은혜는 잊지 않겠습니다. 무례하게 떠나는 걸 용서해 주시기 바랍니다. 그럼.”

운도가 몸을 돌리자 위진평이 날카롭게 소리쳤다.

“거기 가만히 있지 못해!”

성큼 방 안으로 들어선다.

그 순간 무명노가 역시 한 걸음 마주해 나가며 음침하게 말했다.

"위 곡주, 정말 내 체면을 조금도 생각해 주지 않을 작정이 신가?"

"으음―"

와장창!

그리고 운도가 창문을 부수며 밖으로 뛰어나가는 소리가 요란하게 들렸다.

운도는 즉시 조금 전 무명노에게서 배운 운기심법대로 천마심공을 끌어올려 온몸에 돌렸다.

그러자 놀랍게도 몸에 기력이 충만해지면서 깃털처럼 가벼워지는 것 아닌가.

창문을 부수고 떨어져 내린 운도가 가볍게 이층의 창틀을 걷어찼다. 그러자 몸이 쏘아진 살처럼 허공을 가르고 쭉 뻗어나갔다.

그의 등 뒤에서 위진평의 노성이 들려왔다.

"장왕 진사곤! 네가 아직까지 살아 있다는 게 놀랍다! 하지만 과연 내 앞을 막을 수 있을까?"

껄껄 웃는 무명노의 웃음과 말소리도 희미하게 들려왔다.

"하하하― 왕년에 우리는 일백 초를 겨루었지만 승부를 내지 못했지. 오늘 이곳에서 그때의 승부를 마저 내보는 것도 좋을 게야. 하하하―"

'장왕이라고? 진사곤?'

빠르게 멀어지면서 운도는 제가 마지막으로 들은 그 말을 머릿속에 새겼다.

장왕이 누구인지, 진사곤이 누구인지 알 수 없지만 비로소 무명노의 이름과 그가 강호의 은거기인이었다는 걸 알았다는 기쁨이 생겼다.

그런 그가 어떻게 늑대에게 물려 죽을 뻔했을 정도로 허약한 노인이 되었는지, 또 지금은 어떻게 검진삼협 위진평을 상대할 마음이 들었는지는 여전히 알 수 없었다.

모든 궁금증은 쾌도왕을 만나면 풀 수 있을 것이라고 믿고 운도는 쏜살같이 달려갔다.

자신이 생각해도 무명노가 가르쳐 준 운기법은 신기했다.

천마심공으로 그것을 운기하자 무서울 정도로 달려갈 수 있게 되었던 것이다.

아무리 달려도 지치지 않을 것 같고, 누구도 쫓아올 수 없을 것 같았다.

'그렇다면 쾌도왕도 사연을 감추고 있는 기인이었단 말인가?'

달려가는 중에 문득 그런 의문이 들었다.

그가 모든 걸 말해줄 것이라는 무명노의 말 때문이다.

'그럴 리가 없어. 그는 그냥 바보 쾌도왕일 뿐이야.'

운도는 무명노의 그 말을 믿고 싶지 않았다.

제가 알던 쾌도왕이 전혀 다른 사람이었다면 얼마나 분할 것인가. 그동안 쾌도왕에게 감쪽같이 속아왔으니 그렇다.

운도는 그것도 확인해 봐야 한다는 것 때문에 더욱 조급한 마음이 되었다.

무명노의 말대로라면 쾌도왕의 신변에 위험이 닥칠 것 같으니 더 급해진다.

쾌도왕의 푸줏간은 문이 굳게 닫혀 있었다.
오늘은 장사를 하지 않는 모양이다.
쾅!
운도가 닫혀 있는 가게 문을 박차고 뛰어들었다.
먼 길을 쉬지 않고 한숨에 달려온 탓에 숨결이 거칠어져 있었다.
"쾌도왕!"
어깨 숨을 들썩이며 소리쳐 부르자 안에서 반가운 음성이 들려왔다.
"어? 운도냐?"
쾅!
이번에는 쾌도왕이 방문을 부술 듯이 박차고 달려나왔다.
다짜고짜 운도를 덥석 껴안고서 번쩍 들어 올리더니 한 바퀴 휘돌린다.
"우허허허― 이 무심한 놈아, 영영 안 오는 줄 알았다. 왜 이렇게 오랜만에 찾아온 거야?"
"이거 놔!"
운도가 매섭게 소리치며 쾌도왕의 손을 뿌리쳤다.
쾌도왕이 눈을 휘둥그레 떴다.
"왜 그래? 무슨 일 있었냐? 누가 또 널 괴롭히기라도 했어?"

“어떻게 된 거야?”

“뭐가?”

쾌도왕이 여전히 알 수 없다는 얼굴로 눈을 끔벅였고, 운도는 낯선 사람인 것처럼 두리번거렸다.

“누가 찾아오지 않았어?”

“오긴 누가 와? 가게 문 닫은 지가 벌써 사흘째다. 손님도 다 끊어졌잖아.”

“왜 가게 문을 닫았지?”

“그거야 네가 오지 않으니까 재미가 없잖아. 그래서 풍사곡으로 올라가 볼 참이었다.”

“풍사곡으로 오려 했다고?”

“그래. 너한테 하도 소식이 없으니 무슨 일이라도 생긴 건 아닌가 걱정이 되어서 당최 일이 손에 잡히지 않잖아.”

쾌도왕이 순박한 얼굴로 히죽 웃으며 말했지만 운도에게 이제 쾌도왕의 그런 모습은 더 이상 친근하게 여겨지지 않았다.

그가 잔뜩 의심하고 경계하는 눈으로 쾌도왕을 노려보았다.

“왜 그래? 내가 뭘 잘못했냐? 그렇다면 말을 해줘야 알지. 뭐야? 무슨 일인데 그래?”

쾌도왕이 겁먹은 듯이 주춤거렸다.

“솔직히 말해.”

“뭘?”

“여태까지 나를 속이고 있었지?”

“응?”

뜬금없는 소리에 쾌도왕이 눈을 치떴다.

"정체가 뭐야? 설마 쾌도왕도 강호의 은거기인이었어?"

"대체 그게 무슨 소리냐?"

"흥, 내숭 떨어봐야 소용없어."

잔뜩 눈을 흘긴 운도가 따지듯 물었다.

"장왕 진사곤이라는 사람을 알지?"

"뭐라고? 장왕 진사곤?"

쾌도왕이 버럭 소리쳤는데, 갑자기 무서운 것을 보기라도 한 사람처럼 크게 놀라는 것이었다.

그가 불쑥 운도의 손목을 잡았다.

마치 강철의 족쇄라도 되는 것처럼 단단한 손이었다. 결코 빠져나갈 수가 없을 것 같다.

운도가 아픔에 비명을 질렀지만 쾌도왕은 개의치 않았다.

잔뜩 긴장한 눈으로 운도를 노려보며 낮게 말했다.

"다시 말해봐라. 방금 누구라고 했지?"

"장왕 진사곤."

"으음―"

쾌도왕이 잔뜩 낯을 찌푸린 채 신음을 흘렸다.

"네가 그 이름을 어떻게 알지?"

"조금 전에 그분과 헤어졌으니까."

"무엇이? 조금 전이라고? 어디에서 말이냐?"

쾌도왕의 낯빛은 이제 창백하게 질려 있었다. 아니, 핼쑥해진 것이 지나친 놀람으로 넋이 나간 것 같기도 했다.

"그분을 알아?"

"안다."

"아!"

운도가 놀람의 외침을 터뜨렸다.

쾌도왕의 말 때문이 아니라 그의 모습 때문이었다.

쾌도왕은 더 이상 운도가 알던 그 쾌도왕이 아닌 것 같았다.

싸늘한 표정과 신광이 이글거리는 눈을 마주 볼 수가 없다.

쾌도왕이 여전히 운도의 손목을 꽉 쥔 채 허리를 쭉 폈다.

그러자 숨 막히게 하는 기세가 뭉클 피어올랐다.

그것은 무겁고 장중하며 섬뜩한 살기를 띤 것이기도 했다.
운도는 저도 모르게 잔뜩 긴장해서 어깨를 움츠렸다. 등줄기
에 소름이 돋을 정도로 놀랐다.

第八章
추격의 서막

마룡의
후예

“그가 어떻게 되었다고?”

쾌도왕이 눈을 부릅떴다. 마치 운도를 붙잡아 심문하는 것 같았다.

검붉어진 얼굴과 핏발 선 눈에서 번쩍이는 흉광과 거친 숨소리가 운도를 질리게 했다.

“위진평 그놈이 감히 장왕을 핍박한간 말이더냐?”

“그… 놈…….”

운도는 기가 막혔다.

감히 검진삼협 위진평을 그놈이라고 부르다니, 하는 생각에 어이가 없다.

운도가 두려움에 떨리는 음성으로 거우 말했다.

“정신 차려… 쾌도왕……. 무섭잖아.”

“으음—”

쾌도왕은 운도의 말을 듣는 것 같지 않았다.

한동안 더 거친 숨을 씩씩거렸고, 금방이라도 달려나갈 듯이 어깨를 움찔거리기를 몇 번이나 했다.

하지만 그는 고통스러울 정도로 인내심을 발휘하여 그 충동을 참아냈다.

“끄응—”

제 속에 든 것을 다 토해내듯 거친 숨을 내쉬고 난 그가 비로소 운도의 팔목을 놓아주었다.

“가자.”

운도가 시뻘겋게 피멍이 든 팔목을 주무르며 울상을 지었다.

“대체 무슨 일이야? 당신은 누구지? 내가 알던 쾌도왕은 어디로 갔지?”

“내가 쾌도왕이고 쾌도왕이 바로 나다. 달라진 건 없어.”

“아니, 그렇지 않아. 당신은 쾌도왕이 아니야.”

“시끄럽다. 어서 가자.”

눈을 부라린 쾌도왕이 두리번거리더니 커다란 작두의 날 부분을 빼들었다.

짐승의 피가 절어 있는 가죽 앞치마에 그것을 둘둘 말아 허리춤에 푹 꽂고 성큼성큼 밖으로 걸어나간다.

운도는 망설였다.

과연 저 사람을 따라가야 할지 말아야 할지 선뜻 결정할 수 없었던 것이다.

　문 앞에서 쾌도왕이 그런 운도를 돌아보았다.

　"시간이 없다. 어서 가자. 너는 장왕의 죽음을 헛되게 할 셈이냐?"

　"아!"

　운도가 번쩍 정신을 차렸다.

　급히 쾌도왕을 따라가며 소리친다.

　"그분은, 그분은 어떻게 되는 거지? 그분을 구하러 가는 거야?"

　"틀렸다. 장왕은 벌써 위진평 그놈의 손에 맞아 죽었을 것이다."

　"뭐라고?"

　"장왕을 만났다면서?"

　"여러 차례."

　"그러면서도 모르고 있단 말이냐? 그는 무공이라고는 조금도 쓸 수 없는 평범한 늙은이에 지나지 않다. 기력마저 쇠해서 오래 서 있지도 못하지."

　서둘러 거리를 떠나면서 하는 말이다.

　바삐 그를 따라 걸으며 운도는 여전히 알 수 없었다.

　"하지만 위 곡주님은 장왕을 꺼려하는 것 같았는데?"

　"흥, 속임수지."

　"속임수라고?"

　"위진평 그놈은 장왕이 저를 속이기 위해서 그런다고 의심했을 것이다. 그래서 망설였던 것이야. 하지만 곧 알아챘겠지."

"장왕이 그렇게 대단한 사람이었어? 위 곡주님이 꺼려할 만큼?"

"그는 말 그대로 장왕이다. 장법에 있어서 천하에 그를 당할 사람이 없다고 해도 과언이 아니다. 그가 한창 활약할 때는 위진평뿐 아니라 십천이라는 것들 모두가 그를 두려워했었다."

"아!"

운도가 그 말에 무엇을 생각해 낸 듯 깜짝 놀라 멈추어 섰다.

"그럼 당신은? 당신은 쾌도왕이라고 불리지 않아? 그렇다면……."

쾌도왕이 엄숙한 얼굴이 되어 운도를 노려보듯 바라보았다.

"그렇다. 나 또한 위진평 따위, 조금도 무서워하지 않는 사람들 중 한 명이다."

"내가, 내가 속고 있었던 거야."

운도가 주춤주춤 뒷걸음질쳤다.

그렇게 친근하고 형제처럼 가까이 지냈던 쾌도왕이 이제는 무섭고 징그러운 괴물처럼 보이기만 했다.

"나는 당신을 따라가지 않겠어."

"어째서?"

"아무도 믿을 수 없어. 이 넓은 세상에서 그래도 쾌도왕 당신만은 믿었는데……."

“믿어도 된다.”

“아니. 당신의 정체마저 거짓이었다니 이제는 믿지 않겠어.”

“그런 건 아무 상관 없어. 지금 나와 함께 가지 않으면 너는 죽는다. 그게 중요한 일이다.”

운도는 그 말을 이해할 수 없었다.

기껏 풍사곡으로 잡혀가 곡주에게 벌을 받으면 될 것이라고 생각했다.

제 발로 걸어 돌아가 용서를 구한다면 가벼운 벌을 받는 데에 그칠지도 모른다.

쾌도왕이 그런 운도의 심중을 꿰뚫어 보았다.

“미련하게 풍사곡으로 돌아가려는 생각을 하는 건 아니겠지?”

“그렇게 하겠어.”

“그는 너를 죽일 것이다. 도중에 붙잡혀도 마찬가지지.”

“어째서?”

“네가 장왕과 얽혔고, 또 나와 얽혔으니 그렇다.”

운도의 낯빛이 핼쑥해졌다.

“이제 보니 당신들은 풍사곡주의 원수들이었군?”

“그렇다. 철천지원수이지.”

“아!”

운도가 비틀거렸다. 지나친 놀람 때문에 숨 쉬기마저 곤란해졌다. 안색이 백지장처럼 창백해진다.

그가 덜덜 떨리는 손가락으로 쾌도왕을 가리키며 말했다.

"그렇다면, 그렇다면… 나에게 접근했던 것도 모두 속셈이 있어서였어……. 당신도, 장왕도……."

"한 사람이 또 있지."

쾌도왕은 태연했다.

"또 한 사람?"

"너도 잘 알 텐데? 그에게 많은 신세를 지기도 했으니 말이다."

"억!"

문득 떠오르는 얼굴 하나.

운도가 비명을 터뜨렸다.

"황 대인!"

"흐흐, 그렇다. 황준보가 바로 그 인물이다."

운도는 아찔해지고 말았다.

송번성에서부터 이곳까지 저를 데려다 주었던 그의 후덕한 인상이 머릿속에 가득 찼다.

얼마나 자상하고 정이 많았던 사람인가.

그런데 그 사람마저 속셈을 숨기고 있었다니 기가 막힌다.

"도대체 이게, 이게……."

무슨 일이 어떻게 진행되고 있는 건지 혼란해졌다.

왜 그들이 저 하나를 에워싸고 은밀히 접근했으며, 장왕은 왜 목숨까지도 내던진 건지 이해할 수가 없다.

쾌도왕이 달래듯 말했다.

"네가 아는 게 전부가 아니다. 그 외에도 몇 사람이 더 있다. 하지만 지금은 그런 얘기를 하고 있을 때가 아니니 천천히 말해주마. 어서 가자."

"또 다른 사람이 있다고?"

"생각해 보면 짐작할 수 있을 것이다. 그러나 네 짐작을 믿어서도 안 된다. 세상일이란 네 생각처럼 그렇게 간단한 게 아니고, 주판알을 튕기듯이 계산이 딱 맞아떨어지는 것도 아니니까."

운도는 어렴풋이 저를 둘러싸고 거대한 음모가 오래전부터 진행되어 오고 있었다는 걸 알았다.

'그렇다면 왜?

풀 수 없는 의문이 생겼다.

'내체 내가 무엇이기에?

"더 늦으면 달아나는 일이 많이 힘들어질 것이다."

쾌도왕이 재촉했다.

운도는 결심을 해야 했다.

잠시 생각하던 그가 입술을 악물었다.

"그래, 가겠어. 당신을 따라가서 도대체 나를 둘러싸고 무슨 일이 벌어지고 있는 건지 알아내겠어."

"그래야지. 이제 곧 알게 될 것이다.'

머리를 크게 끄덕인 쾌도왕이 문득 어두운 얼굴이 되어 중얼거렸다.

"우리가 무사히 살아서 갈 수 있다면 말이다."

운도는 그의 중얼거림에 신경 쓰지 않았다.

이렇게 떠나 버린다면 위진평이 이 넓은 천하에서 자기들을 어떻게 찾아낼 것인가, 하고 느긋하게 생각하는 것이다.

아직 강호라는 곳의, 그리고 십천의 무서움을 알지 못하는 소년에 불과한 까닭이다.

"그런데 어디로 가는 거지?"

설마 송번성으로 가지는 않을 것이라고 짐작했다.

쾌도왕이 빙긋 웃었다.

"가보면 안다. 하지만 지금은 속히 이곳을 떠나야 한다."

*　　　*　　　*

허망한 일이다.

이처럼 가슴이 뻥 뚫리는 무상함을 느껴본 건 평생 두 번째였다.

처음은 모악산(母嶽山) 천궁봉(天宮峰)에서 절대천마 풍약헌의 일검에 패했을 때다.

벌써 십오 년이나 지난 일이지만 지금도 그때를 생각하면 허망함 때문에 가슴이 뻥 뚫렸다.

부끄러움이라던가 치욕이라던가 하는 것보다 더 지독한 상처가 바로 그것이라는 걸 늦은 나이에 비로소 알게 된 것이다.

그리고 그때로부터 십오 년이 지난 오늘.

검진삼협 위진평은 또 한 번의 허망함 앞에서 넋을 놓고 서 있었다.

"살 수 있겠느냐?"

허무함이 가득 깃든 그의 음성을 받은 사람이 피식 웃었다.

무명노.

장왕 진사곤이라는 이름을 가지고 있는 바로 그였다.

그는 위진평의 발아래 몸을 새우처럼 굽힌 채 쓰러져 있었는데, 앞가슴이 제가 토해낸 피로 붉게 젖어 있었다.

"쿨럭—"

밭은기침과 함께 또 한 모금의 선혈을 토해낸 노인이 씁쓸함이 가득한 얼굴로 위진평을 올려다보았다.

"위 가야, 너 같으면 살 수 있겠느냐?"

위진평의 얼굴이 더욱 어두워졌다.

그가 몸에 내공이라고는 하나도 남아 있지 않은 껍데기에 불과하다는 걸 안 것은 전력을 다한 일장을 그의 가슴에 쳐낸 직후였다.

위진평이 아는 장왕 진사곤은 결코 만만하게 볼 상대가 아니었다.

전력을 다해도 일이백 초 안에는 승부를 가릴 수 없을 것이었다.

그래서 망설이고 주저하다가 기어이 출수를 했던 것인데, 장력이 뻗어나간 즉시 위진평은 무언가 잘못되었다는 것을 깨달았다.

장왕 진사곤이 전혀 반응을 하지 않았기 때문이다.

눈을 질끈 감은 채 무방비로 서 있기만 하지 않았던가.

"이놈! 무슨 수작이냐!"

위진평이 버럭 외치며 급히 장력을 회수했지만 둘 사이의 거리가 너무 가까웠다.

펑―!

장력을 가까스로 틀어 빗나가게 한 것만 해도 대단한 일이었다.

그러나 벽을 무너뜨려 버렸을 만큼 위맹한 그것의 여파는 장왕 진사곤의 몸 안에 스며들 수밖에 없었다.

진사곤은 불과 몇 푼의 힘을 받았을 텐데도 그것마저 견디지 못하고 마른 짚단처럼 쓰러졌다.

"아차!"

후회했으나 이미 돌이킬 수 없었다.

설마 장왕 진사곤이 이런 허수아비가 되어 있을 줄이야 누가 상상이라도 했을 것인가.

"휴―"

한숨을 내쉰 위진평이 몸을 굽혀 진사곤을 부축했다.

벽에 기대어 앉혀놓으면서 위진평은 다시 한숨을 쉬었다.

한때는 저를 두렵게 하기도 했던 극강한 고수. 장법에 있어서 천하제일을 다투기에 부족함이 없는 자 아니었던가.

그런 그의 몸이 짚 인형처럼 가벼웠던 것이다.

"대체 어찌 된 일이냐? 왜 진작 말하지 않았지?"

그랬다면 살려주었을 것이다.

무공을 잃은 초라한 노인을 옛 원한 때문에 상관하지 않고 죽여 버릴 만큼 위진평은 모진 사람이 아니었다.

진사곤이 툴툴 웃었다.

"그래야 네놈을 조금이라도 붙들어둘 수 있을 것 아니겠느냐? 흘흘, 이렇게 기어이 네놈의 손에 죽게 되었으니 이것도 인연인가 보다. 이제 만족하느냐?"

"으음—"

위진평이 눈살을 찌푸렸다.

과연 그는 과거에 장왕 진사곤을 죽이기 위해 지고한 사명감 같은 것마저 품고 그의 뒤를 쫓은 적이 있었다.

모악산 천궁봉에서 절대천마 풍약헌과 싸우기 삼 년 전의 일이다.

그는 형산 북면에서 기어이 진사곤을 붙잡고 그와 경천동지의 일전을 벌였다.

무려 일백여 초를 있는 힘껏 싸웠지만 진사곤을 끝내 죽이지 못했고, 진사곤은 너털웃음을 남긴 채 유유히 도주했었다.

그러나 기어이 황망령에서 무당의 담옥천과 산동의 하운봉 등에게 붙잡히고 말았던 것이다.

그때의 일을 추억하는 위진평의 가슴 가득 쓸쓸한 감회가 떠올랐다.

그래서 죽어가는 진사곤에 대한 참을 수 없는 연민이 치밀어 오른다.

한때는 그토록 이를 간 원수였는데, 지금은 마치 자신을 잘 알아주는 한 사람의 지기를 잃어버리는 것 같았다.

"이래서 세월이 무섭다고 하는 것인가 보다."

위진평이 진사곤의 혈도를 주물러 주며 혼잣말처럼 중얼거렸다.

진사곤의 눈에서 생기가 옅어져 가기 시작했다.

물기 마른 건조한 눈으로 위진평을 올려다보았는데, 안타까워하고 측은해하는 것 같았다.

"소용없다."

그가 조용히 말했다.

위진평도 잘 알고 있었다. 아무리 노력해도 진사곤을 살릴 수 없다는 것을.

그가 손을 거두고 나서 궁금해하던 것을 물었다.

"너는 왜 조용한 곳에 은거해 말년을 복되게 지내지 않고 이곳을 어슬렁거리고 있었던 것이냐?"

진사곤의 입가에 희미한 웃음이 맺혔다.

"그 아이를 만나기 위해서였지."

"단운도 말이냐? 그 녀석이 너와 무슨 상관이지?"

"흐흐, 너희들 십천이 과거의 일을 잊지 못하고 십천지주를 만들어내려 하듯이 우리도 그와 같은 계획을 가지고 있지."

"마교에서도 십대천마를 부활시키려고 하는구나?"

위진평이 크게 놀라 소리쳤다.

진사곤의 눈에 생기가 반짝하고 떠올랐다.

'회광반조!'

그것을 본 위진평은 그가 이제 곧 죽으리라는 걸 알았다.

그전에 마교의 속셈을 최대한 알아나야 한다.

위진평이 다급하게 물었다.

"네가 단운도를 십대천마의 후인으로 점찍은 걸 알겠다. 그런데 왜 하필 그 녀석인가? 그건 오래전부터 그 녀석을 알고 있었다는 건데, 대체 무슨 일이 있는 거냐?"

장왕 진사곤이 그 말에는 대답하지 않고 엉뚱한 말을 중얼거렸다.

어찌 보면 제정신이 아닌 것도 같았다.

"흐흐흐, 이 어리석은 놈아. 너는 절대천마 풍약헌, 그 위대하신 분이 죽었다고 믿는 것이냐? 흥, 너희들이 모두 멀쩡하게 살아 있고, 나도 살아 있는데 그분이 죽었을 것 같으냐?"

"무엇이? 그가, 그가 아직 살아 있단 말이냐? 어디에?"

"흐흐, 그걸 알기 위해서 내가 이렇게 세상을 떠돌고 있었던 것이니라. 그분을 찾기 위해서…… 쿨럭! 쿨럭!"

진사곤이 말을 다 맺지 못하고 심하게 기침을 했다. 그때마다 선혈을 토해낸다.

위진평이 즉시 그의 명문에 장심을 붙이고 자신의 막강한 내력을 흘려 넣어주기 시작했다.

밑 빠진 독에 물 붓기 같은 짓일지라도 지금은 촌각일망정 진사곤의 목숨을 연장시키는 게 중요한 것이다.

답답하던 가슴이 조금 시원해진 진사곤이 다시 말했다.

"그분의 종적을 찾기 위해서 온 천하를 떠돌아다녔다. 가보지 않은 산이 없고, 뒤지지 않은 골짜기가 없지."

"그래서? 찾았느냐?"

"흐흐, 어리석은 놈. 그분을 찾았다면 내가 지금 여기서 이렇게 네놈의 손에 죽어가고 있겠느냐?"

"으음—"

위진평이 안도의 한숨을 쉬었다. 하지만 불안은 여전했다.

"우리… 홍안적성에서는 반드시… 또 한 명의 절대천마를 탄생시킬 것… 그 아이가 반드시 그렇게 되고 말 것이다."

"왜? 왜 하필 단운도지? 왜?"

위진평에게는 그에 대한 대답이 간절했다.

이 넓은 천하에서, 모래알처럼 많은 사람들 중에서 홍안적성(紅顔赤城)의 무리가 왜 하필 여태까지 이름도 알려지지 않은 단운도를 자신들의 이대천마가 될 자로 지목했단 말인가?

거기에는 분명 어떤 이유가 있을 것이다. 그리고 어쩌면 그것이 무림의 운명을 좌우할 커다란 비밀을 가지고 있을 것이라는 직감이 왔다.

그러나 진사곤은 더 이상 말하려 하지 않았다.

"진사곤! 나를 봐라!"

위진평이 마구 흔들어대자 겨우 눈을 뜨고 바라보았는데 초점이 없었다.

"그 녀석의 정체가 뭐지? 어서 말해!"

"그는, 그 아이는 절대천마가… 될… 것이다."

툭.

기어이 진사곤의 목이 힘없이 축 늘어졌다.

한때 세상을 풍미했던 절세적인 고수.

마교로 불렸던 홍안적성의 서열 십위 안에 들어 있었던 자.

그래서 십대천마 중 장왕으로 불렸던 진사곤이 허망한 최후를 마친 것이다.

위진평은 그가 어째서 이처럼 무기력한 늙은이로 변해 버렸는지 이제 궁금하지 않았다. 더 급하고 중요한 일이 생기지 않았는가.

"그놈……."

벌떡 일어서는 위진평의 얼굴이 창백해졌다.

서둘러 창가로 다가간 그가 황혼 빛으로 물들어가고 있는 하늘을 향해 날카롭게 휘파람을 불었다.

삐익—

그 소리의 여운이 채 사라지지 않았는데, 붉어지는 하늘 저 멀리에서 끼악— 하고 화답하는 소리가 들려왔다. 그리고 하늘 복판에 점 하나가 보이더니 빠르게 떨어졌다.

곧장 위진평에게로 쏘아져 온다.

곧 푸드덕거리는 날갯짓 소리와 함께 용맹하게 생긴 금색의 매 한 마리가 창문을 넘어 들어와 위진평의 어깨에 내려앉았다.

꾸륵거리며 반갑다는 듯 위진평의 묵에 머리를 비벼댄다.

위진평이 급히 옷자락을 찢더니 손가락을 깨물어 그 피로 몇 글자를 휘갈겨 썼다.

그것을 매의 발목에 단단히 붙들어맨 그가 마치 사람에게 하듯이 엄숙하게 말했다.

"어디로 가야 하는지 알고 있지? 반드시 그에게 전해주어야 한다. 가라!"

어깨를 튕기자 매가 날개를 푸드득거리며 날아올랐다.

아쉽다는 듯 방 안을 한 바퀴 맴돌더니 다시 끼악— 하는 날카로운 울음소리를 남기고 하늘 높이 솟구쳐 이내 보이지 않게 된다.

"쾌도왕!"

위진평이 낮게 외쳤다.

잠에서 깨어난 맹수가 으르렁거리는 것 같은 음성이었다.

휘익—

그의 신형이 창문을 넘어 허공으로 사라졌다.

쾅!

푸줏간의 문을 박차고 뛰어든 위진평이 낯을 찌푸렸다.

"한발 늦었다."

이미 텅 비어 썰렁한 냉기만 남아 있었던 것이다.

"그자는 사십대의 장한이라고 했는데?"

위서향으로부터 들었던 말을 떠올리고 혼란스러워졌다.

그가 아는 마교의 십대천마 중 한 사람인 쾌도왕은 적어도 자신보다 몇 살 많은 노인이어야 했다.

그런데 사십대의 장한이라니 이상하다.

"곧 알게 되겠지."

쫓아갈 생각을 포기한 사람처럼 위진평은 이내 여유를 되찾은 모습이었다.

그들이 어디로 갔는지 알 수 없으니 혼자서는 뒤쫓아봐야 헛고생만 할 게 뻔한 일이기도 했다.

그래서 위진평은 천천히 숙현의 저자를 걸었다. 마치 지체 높은 집의 노인이 바람이라도 쐬러 나온 것 같은 모습이었다.

날은 어느덧 저물어가고 있었다.

위진평은 숙현에서 가장 큰 주루인 화홍르의 문을 열고 들어갔다.

점소이가 빠른 눈썰미로 즉시 그가 보통 사람이 아니라는 걸 알아보고는 가장 좋은 자리로 안내했다.

삼층의 한적한 창가에 마련된 그 자리에서는 저자가 한눈에 내려다보였다.

몇 가지의 안주와 술을 시킨 위진평은 조금도 초조해하지 않았다.

폐허가 된 마을을 떠나기 무섭게 날듯이 갈려 숙현으로 올 때와는 전혀 다른 모습이었다.

맑은 벽옥 잔에 투명한 술을 따르는 그의 주름진 얼굴에 회한이 떠올랐다.

"대체 얼마 만에 다시 잡아보는 술잔인가."

물끄러미 잔에 담긴 투명한 술을 바라보던 그가 지그시 눈을 감았다.

깊이 숨을 들이마시자 은은한 주향이 콧속으로 스며든다.

"좋구나."

눈을 감고 향기를 음미하던 그가 천천히 잔을 들어 한 모금 마셨다.

입 안에 확 번지는 뜨거운 느낌에 저도 모르게 부르르 몸을 떤다.

십오 년 만이었다.

풍약헌과의 일전 이후 그렇게 좋아하던 술을 입에도 대지 않았다.

자기 자신에 대한 징벌의 의미이기도 했다.

그런데 이제 위진평은 다시 술잔을 들었다.

"강호란 언제나 사나이의 가슴을 뛰게 하는 묘한 곳이지. 마치 아름답고 고귀한 여인 같다."

위진평의 입가에 희미하게 미소가 떠올랐다.

그건 언제나 한발 앞에 있었다.

무인의 길을 택한 사내들은 누구나 그것을 정복하고 싶어서 안달을 한다.

하지만 잡힐 듯 잡힐 듯하면서도 좀체 잡을 수 없는 것. 그게 강호 아니던가.

위진평은 환갑이 지난 나이에 다시 강호에 나온 걸 후회하지 않았다.

이 술의 감미로움과 짜릿함을 잊고 있었듯이 강호를 잊고 살아온 지난날들이 오히려 허망하게 여겨질 뿐이다.

그가 한 병의 술을 반쯤 마셨을 때 한 사람이 삼층으로 올라왔다.

검은 무복을 입었고, 그 위에 검은 피풍을 걸친 오십대의 사내였다.

듬직한 체구와 네모난 얼굴, 횃불처럼 이글거리는 안광이 예사 사내가 아니라는 걸 금방 알아볼 수 있는 자다.

곧장 위진평에게 다가온 사내가 최대한의 존경과 두려움을 실어 예를 취했다.

"건강하신 모습을 다시 뵙게 되어 영광스럽기 짝이 없습니다."

"음."

위진평이 오만하게 턱을 끄덕이고 짧게 대답했다.

사내를 돌아보지도 않는다.

천천히 또 한 잔의 술을 음미하고 난 그가 무심하게 말했다.

"준비는?"

사내가 즉시 허리를 숙였다.

"구백 명을 아홉 대로 나누어 아홉 방향으로 풀었습니다. 천라지망을 쳤으니 하늘을 날고 땅속으로 파고드는 재주가 있다고 해도 결코 빠져나갈 수 없을 것입니다."

"연통은 했겠지?"

"보내신 금응(金鷹)의 기별을 받은 즉시 무림맹과 다른 아홉 분께도 전서구를 띄웠습니다."

"가자."

위진평이 몸을 일으켰다.

허리를 쭉 펴자 산악처럼 거대한 기운이 뭉클 피어오른다.

그는 완전히 과거의 위풍과 위엄을 되찾은 것 같았다.

지난 십오 년. 풍사곡에 틀어박혀 있던 동안 덕지덕지 몸에 달라붙었던 나른함의 껍질들이 투두둑 떨어져 나가고, 빛나는 위용이 다시 드러난 것이다.

그런 위진평을 바라보는 흑의사내의 볼이 감격으로 푸들푸들 경련을 일으켰다.

풍사곡의 모든 일을 관장하던 자.

풍사곡에 있던 일천여 문도들의 우두머리.

위진평의 수족과 같은 인물.

강호에서 참마혈도(斬魔血刀)라고 불리는 극강의 고수.

엄문탁(嚴門卓).

그게 흑의사내의 정체였다.

주군의 뜻을 받들어 그 또한 지난 십오 년 동안 강호를 떠나 숨죽이고 엎드려 살았다.

이제 다시 자신의 애병(愛兵) 참마혈도(斬魔血刀)를 등에 지고 강호로 나온 감회가 위진평보다 덜할 리 없다.

화홍루 앞에는 일백 명의 흑의사내들이 석상처럼 묵묵히 도열해 서 있었다.

위진평을 호위하며 그와 함께 삶과 죽음을 같이할 친위대들이다.

그들의 삼엄하고 장중한 기세에 주변의 공기가 얼어붙은 것
같았다.

행인들은 물론 순라를 돌던 관병들까지도 두려움에 떨며 감
히 접근할 엄두도 내지 못했다.

사라져 버렸던 풍사곡의 일천 문도 중 구백 명은 벌써 넓게
흩어져 천라지망을 쳤고, 일백 명이 이곳에 모였다.

그 모든 일이 불과 한 시진 만에 이르어진 것이다.

이제 풍사곡은 바로 이곳이었다.

저 위, 광문산 깊은 골짜기가 아니라 위진평이 존재하고 있
는 숙현의 저자가 지금은 바로 풍사곡이다.

일백 열혈남아들의 눈길이 한결같이 향하고 있는 곳.

한 사람이 천천히 화홍루에서 나왔다.

"곡주님을 뵈옵니다!"

그 순간 화홍루 앞에서 그를 기다리고 있던 열 명의 흑의사
내는 물론, 골목마다 도열해 서 있던 일백 명의 무사들이 일제
히 외치며 무릎을 꿇었다.

하늘이 진동하고 땅이 흔들릴 것 같은 우렁찬 외침이었다.

第九章
파천도세(破天刀勢)

　숙현을 버리고 급히 떠난 지 어느덧 이틀이 지났다.

　그동안 쾌도왕은 운도를 이끌고 깊은 산속 길만을 택해 부지런히 걸었다.

　먹는 것도 가면서 먹고, 잠도 바위틈에 웅크리고 자면서 쉴 새 없이 걸었던 것이다.

　운도는 아무런 불평도 하지 않았다.

　그를 따라가기로 한 이상 쓸데없는 일일뿐더러, 오히려 길을 방해하는 일이라는 걸 잘 알기 때문이다.

　지난 이틀 동안 다행히 누구의 눈에도 띄지 않았다.

　걱정했던 것보다 지나치게 조용하고 순탄한 도피 행로였던지라 의아해질 정도였다.

　혹시 위진평이 추격을 포기한 건 아닐까 하는 생각이 들기도 했다.

　그러나 그것은 폭풍이 몰아치기 전의 고요에 다름 아니었다.

　운봉산이라는 험하고 깊은 산을 벗어나왔을 때 비로소 조짐이 나타났다.

　끼악—

　울창한 숲에서 나와 평원을 바라보고 서 있는데 머리 위에서 매의 울음소리가 들렸던 것이다.

　쾌도왕이 손을 이마에 대고 올려다보더니 '쯧—' 하고 혀를 찼다.

　끼악—

　한 마리의 금빛 매였다.

　그놈은 높이 뜬 채 운도와 쾌도왕의 머리 위를 맴돌기만 했다. 그리고 크게 울었다.

　허공중에 퍼지는 그것의 울음소리를 산 너머에서도 충분히 들을 수 있을 것이다.

　"각오는 되어 있겠지?"

　매에게서 눈을 뗀 쾌도왕이 그렇게 불쑥 물었다.

　"이번 길이 순탄하지 않으리라는 것쯤은 이미 짐작하고 있을 것이다."

　"알아."

　"어쩌면 개죽음을 당하게 될지도 모른다."

"그것도 알아."

"두렵지 않으냐?"

"내가 한 결정이야. 내 결정에 대해서는 내가 책임져."

운도의 다부진 말에 쾌도왕이 껄껄 웃었다.

"그래야지. 너는 이제 사내대장부가 다 되어가는구나."

운도의 어깨를 두드려 준 쾌도왕이 걸리 바라보았다.

그들의 앞에는 드넓은 억새 벌판이 펼쳐져 있었다.

그 건너에 황피령(黃陂嶺)이라고 하는 높은 산 능선이 우뚝 솟아서 길게 이어져 있다.

저것을 넘어야 조금은 안심이 될 것이다.

황피령을 멀리 바라보던 쾌도왕이 발아래 펼쳐져 있는 억새 벌판을 내려다보았다.

그의 얼굴이 어두워졌다.

역시 첫 번째 조우는 황피령 아래의 그 억새 숲에서 이루어졌다.

건조해져 가는 날이라 웃자란 억새들이 하얀 꽃을 머리 가득 이고 이리저리 물결치고 있는 벌판이었다.

온 세상이 어둠에 덮여 잠들고 있는 무렵.

머리 위에 쓸쓸히 만월이 떠 있고, 그것의 부드러운 빛이 하얀 억새꽃들을 빗질하듯 내려앉고 있었다.

바람이 불 때마다 만월의 부드러운 빛이 억새꽃 위에서 이리저리 휩쓸려 다니고 있는 것 같은 착각을 느끼게 한다.

와사삭—

와사삭—

쾌도왕은 거침없이 그 억새풀들을 헤치며 성큼성큼 걸어갔다.

그 뒤를 따르는 운도는 내내 말이 없었고, 쾌도왕 또한 그랬다.

가녀린 풀벌레들의 울음소리가 멀리서, 가까이에서 끊임없이 쏟아져 들어왔다.

그들이 지나가는 곳에서 잠시 잠잠해졌다가 다시 와르르 울어댄다.

무르익은 가을의 처량한 기운이 벌판 가득한데 저 멀리 보이는 둥그스름한 언덕 위 소나무 숲에서는 부엉이도 울었다.

와사삭—

무심히 걷던 쾌도왕이 고개를 높이 들고 하늘의 냄새를 맡기라도 하는 것처럼 코를 벌름거리더니 '퉤—' 하고 멀리 침을 뱉었다.

그가 멈추어 선 걸 의아하게 여긴 운도가 곁에 다가왔다.

"왜 그래?"

"생각보다 빠르군."

"뭐가?"

힐끔 운도를 돌아보는 쾌도왕의 눈이 번들거렸다.

운도는 그가 더 이상 순박한 바보가 아니라는 걸 알게 되었지만 쾌도왕의 그런 눈에는 섬뜩해지지 않을 수 없었다.

운도를 아래위로 훑어본 그가 미심적어하는 얼굴을 했다.

"네 스스로를 지킬 수 있겠느냐?"

"그럴 수 있어."

자존심 때문에 한 말이다. 쾌도왕도 그걸 안다는 듯 눈살을 찌푸렸다.

"비무 따위가 아니라 진짜 싸움이 벌어져도 그럴 수 있느냔 말이다."

"할 수 있다니까!"

"좋아, 믿어보지."

쾌도왕이 턱짓으로 앞을 가리켰다.

운도가 매섭게 그를 흘겨보고 앞으로 나섰다. 일백 보쯤 걸었을까.

"엇!"

그가 놀란 소리를 내고 우뚝 멈추어 섰다.

와사삭거리며 억새가 흔들리더니 세 명의 흑의사내가 우뚝 솟아났던 것이다.

눈만 뻥 뚫려 있는 검은 두건을 써서 얼굴을 가리고 검은 무복에 검을 등에 진 자들이었다.

흑건대(黑巾隊)라고 불리는 자들이지만 운도가 알 리가 없다.

그들은 풍사곡의 일천 문도 중 추적과 체포를 주 임무로 하는 소수의 정예 고수들이었다.

때에 따라서는 암습과 척살의 임무도 수행할 수 있도록 고도의 수련을 쌓은 자들인 것이다.

그들이 말없이 삼면으로 펴져 운도를 에워쌌다.

두리번거린 운도가 당황했다. 쾌도왕이 보이지 않았던 것이다.

제 뒤를 따라오려니 여겼는데 어디론가 가버린 모양이다.

운도에게 불안감이 밀려들었다.

저를 가로막고 선 검은 두건의 사내들에게서 호의를 찾아볼 수 없으니 그렇다.

"당신들은 누구요? 무슨 일로 길을 가로막는 거요?"

운도가 제법 매섭게 물었지만 그들은 아무 말도 하지 않았다.

말없이 노려보며 조금씩 거리를 좁혀올 뿐이다.

쨍, 하는 소리와 함께 눈부신 검광이 달빛을 튕겨내 눈이 부셨다.

그와 동시에 정면의 흑의인이 가볍게 도약하는 게 언뜻 보였다.

'내가 정말 내 자신을 지킬 수 있을까?

순간 운도의 머릿속에 그런 생각이 스쳐 갔다.

이건 대사형 이귀율과 하던 싸움 따위와는 비교할 수 없이 살벌한 싸움이 될 것이라는 불안감도 스쳐 간다.

"흡!"

운도가 급한 숨을 들이마셨다.

흑의인의 몸이 허공에 둥실 떴다고 여긴 순간 한 가닥 싸늘한 검기가 혹 끼쳐 왔던 것이다.

운도는 생각할 새도 없이 본능적으로 보벌을 밟아 몸을 움직였다.

세 번 방향을 바꾸고 운신을 하는 동안 네 가닥의 검기가 아슬아슬하게 스쳐 지나갔다.

휙, 휙—

첫 도약을 했던 자가 운도의 머리를 타넘고 지나가자 좌우에서도 가볍고 날카로운 검기가 쏟아져 들어왔다.

일체의 말은 물론 숨소리도 없는 조용한 습격이었다.

운도는 무명노에게서 배운 이름도 모르는 그 신법을 펼쳐 가까스로 그들의 공세 속을 헤집으며 피하고 있었다.

반격은 엄두도 낼 수 없다.

입속으로 끊임없이 무명노의 구결을 중얼거리며 이리저리 움직이고 미끄러지기를 십여 차례쯤 했을까.

그것에서 새로운 묘법을 절로 깨닫게 되었다.

이처럼 목숨의 위험을 느끼는 절박한 순간에 펼쳤으므로 저도 모르게 최선 그 이상을 한 결과였다.

보법과 운신법이 운기법과 일치가 되자 운도의 회피 동작은 눈부실 만큼 현란한 춤사위가 되었다.

몸 안에 제법 축적된 천마심공의 내력을 한껏 끌어올리며 두 손을 휘저을 때마다 질기고 엄중한 기운이 뻗어나와 주위의 모든 것을 이끌어갔다.

하얀 억새꽃들이 산산이 흩어져 허공에 떠오르고, 그것이 운도의 기운에 휩쓸려 몇 가닥의 긴 띠를 이루고 이리저리 움직였다.

운도가 마치 두 손에 몇 개의 채찍을 들고 휘두르는 것처럼 보이는 광경이었다.

그 기운은 억새꽃뿐만 아니라 운도를 노리고 쳐나오는 흑의인들의 검기까지도 이리저리 끌고 휘둘러 댔다.

무명노가 말했던바, 상대의 힘을 이끌어 빗나가게 한다는 도인(導引)의 비결이 십분 발휘된 것이다.

그러자 운도의 진기는 한 가닥 부드럽고 질긴 끈이 되어서 흑의사내들의 사나운 검기를 감싸고 이끌었다.

천마심공의 내력이 아직 충실하지 못하지만 그런 운도의 교묘한 수법 앞에서 흑의사내들은 적잖이 당황했다.

자신들의 검봉이 미끄럽고 부드러운 물체에 닿은 것처럼 엉뚱한 곳으로 흐르지 않는가.

"핫!"

그들 중에서 처음으로 짧은 기합성이 터져 나왔다.

그러자 각자 운도를 공격하던 세 사람이 진형을 유지하면서 일제히 합격의 공세로 변환하였다.

그 즉시 온몸에 가해지는 중압감이 지금까지 받았던 것보다 열 배는 더 무겁고 무서워진다.

운도는 순간 당황했다.

그의 손발이 잠깐 어지러워진 틈을 노리고 세 개의 검봉이 빗살처럼 파고들었다.

“아!”

운도가 놀란 외침을 터뜨렸다. 낯빛이 창백해진다.

마음이 급해지니 운신 또한 급해졌다.

급해지면 반드시 파탄이 생기게 마련 아니던가.

운도의 보법이 꼬였다 싶은 순간 검봉 하나가 목덜미에 이르렀다.

쐐애액, 하고 그것의 날카로운 기운이 뻗어나오는 소리가 귓전에 울린다.

그리고 허공에 후우웅— 하는 또 다른 바람 소리가 가득 찬 것도 동시였다.

픽!

막 운도의 목을 꿰뚫으려던 자가 눈을 부릅뜨고 딱 멈추었다.

운도는 그자의 뒷덜미를 쩍 쪼개거 박혀 버린 게 무엇인지 똑똑히 보았다.

그건 한 자루의 등이 두툼한 절삭도였다.

그것이 도끼처럼 그자의 뒷덜미를 찍고 박혀 있었다.

후웅, 후웅—

다시 무거운 바람 소리를 내며 두 자루의 절삭도가 허공을 가르고 떨어졌다.

두 명의 흑의인이 급히 좌우로 몸을 뽑아냈으나 허사였다.

쩡!

허공에서 서로 부딪친 두 자루의 절삭도가 재빠르게 방향을 꺾더니 두 흑의인을 향해 날아갔다.

"컥!"

두 마디의 답답한 비명성이 동시에 터져 나왔다.

여지없이 목덜미를 찍힌 두 명의 흑의인이 풀썩 쓰러지고 한순간 주위가 깊은 어둠 속 같은 적막에 잠겼다.

운도는 제가 본 것을 믿을 수 없었다.

'쾌도왕!'

그의 솜씨라는 걸 즉각 알 수 있었다.

그리고 이처럼 한순간에 세 명의 목숨을 빼앗아 버리는 그 잔인함에 대해서도 진저리를 치게 된다.

"그렇게 해서는 안 돼."

버석거리며 저쪽 억새풀 속에서 쾌도왕이 다가왔다.

"네가 아무리 초절한 절기를 지니고 있다 해도 죽은 다음에는 소용없는 거다. 그렇게 되기 전에 내 재주를 모두 발휘해서 적을 먼저 죽여야 하는 거지. 그것밖에는 길이 없다. 명심해."

"……"

억새풀 속에 몸을 감춘 채 낱낱이 지켜보고 있었던 모양이다.

"네가 무엇 때문에 절기를 배웠는지를 생각해라. 조금 전처럼 단지 춤을 추기 위해서라면 애써 무공을 수련할 필요가 없지. 그것보다는 기예단에 들어가는 게 훨씬 나을 것이다."

운도는 할 말이 없었다.

생전 처음 죽음의 문턱을 밟아보았던지라 아직까지도 두려움에 새파랗게 질려 있었다.

"가자."

이제 되었다는 듯 쾌도왕이 턱짓으로 앞을 가리켰다.

운도가 부르르 몸을 떨었다.

죽음의 지척에까지 갔던 일이 새삼 끔찍하게 떠올랐던 것이다.

'이런 것이 강호에서의 싸움인 거야.'

그 생소한 첫 경험을 평생 잊을 수 없을 것 같았다.

그리고 강해져야 한다는 열망 또한 그 어느 때보다 크고 깊게 생겨났다.

"이놈들은 척후에 불과해. 앞길에는 얼마나 많은 놈들이 기다리고 있는지 모르지. 서둘러야겠다."

쾌도왕이 성큼성큼 앞서 걷기 시작했다.

"돌아가야 하지 않겠어?"

운도가 어눌하게 물었다.

앞길에 더 많은 적이 기다리고 있을 거라면서 굳이 저렇게 정면으로 나아가는 이유를 알 수 없었던 것이다.

"천라지망이라는 것이다. 어디로 가든 마찬가지야. 그럴 바에야 당당하게 뚫고 나가는 게 사내다운 짓이지. 약한 모습 보일 필요 없다."

쾌도왕은 이미 모든 걸 짐작하고 있는 것 같았다.

그가 검은 하늘을 보며 중얼거렸다.

“그가 늦지 않게 와주어야 할 텐데……”

“백도에 십천이 있다면 홍안적성에는 십대천마가 있었다.”
“십대천마……”
“그들 개개인의 무공은 결코 백도십천의 아래가 아니다.”
“그럼 장왕 진사곤 그분도 십대천마이셨어?”
“그렇다.”
“쾌도왕은?”
“내 사부님이 십대천마 중 쾌도왕으로 불리셨지. 쾌도왕 전풍이라면 세상이 모두 두려움에 떨었느니라.”
“그럼 당신은 그의 제자였군.”
“나의 본래 이름은 갈포참이다. 그분을 대신해서 십대천마의 자리를 물려받았지.”
운도는 비로소 쾌도왕의 이름을 알게 되었다.
이름만으로도 그가 굳세기로 이름난 강족(羌族)의 사내라는 걸 짐작할 수 있었다.
“어쩐지……”
처음부터 그에게서는 한족과는 다른 굵은 기상이 엿보였다고 생각하고 머리를 끄덕였다.
그가 바보인 것처럼 행세했지만 은연중에 언뜻언뜻 그런 분위기가 엿보였던 것이다.
운도는 그때 제가 왜 조금도 의심하지 않았을까 하고 후회했다.

"그런데 왜 여태 그런 사실을 숨기고 바보 행세를 하며 살았
지?"

"그게 다 너 때문이다."

"나 때문이라고?"

운도는 어리둥절해졌다.

"하—"

깊이 탄식하고 난 쾌도왕이 무엇을 생각하는지 한동안 머뭇
거리더니 다시 한숨을 쉬고 말했다.

"아직은 때가 아니다. 조금 더 지나면 네 스스로 그 까닭을
알게 될 것이다."

운도의 얼굴이 검은 하늘보다 더 어두워졌다.

'역시 나도 모르는 일들이 내 주위에서 오래전부터 진행되
어 오고 있었어. 여태까지의 내 삶은 그저 곡두각시에 불과했
던 거야.'

그런 자괴감을 뿌리칠 수 없었다.

그렇다면 사부인 등 선생과 저와의 사이에도 제가 알지 못
하고 있는 어떤 사연이 감추어져 있을 것이라는 생각이 들었
다.

등 선생을 이제 더 믿지 않게 되었지만 다시 생각하자 여전
히 서운하고 야속하게 여겨졌다.

등 선생의 근엄하면서도 자애롭던 모습이 눈에 아른거려 저
도 모르게 눈시울이 젖어든다.

얼마나 자신을 사랑하고 아껴주었던 사부인가.

이 세상에서 오직 믿고 의지할 유일한 사람이기도 했었다.

그런데 그 모든 것이 모종의 음모 속에서 이루어지고 있었던 것이라면 여태까지 살아온 제 짧은 삶 자체가 허망한 것이지 않을 수 없다.

거짓된 삶을 살아왔던 것 아닌가.

운도의 눈에서 기어이 굵은 눈물이 뚝뚝 흘러 떨어졌다.

분하고 억울했던 것이다.

생각 같아서는 쾌도왕이고 뭐고 다 내팽개치고 아무도 알지 못하는 곳에 숨어서 다시는 세상에 나오고 싶지 않았다.

단운도라는 이름마저 버리고 전혀 다른 사람이 되어 새롭게 제 인생을 만들어가고 싶었던 것이다.

'그래야 참된 나의 삶을 사는 것 아닐까?' 하는 생각에 사로잡혔다.

'하지만 그건 비겁한 짓일 거야. 이렇게 된 이상 무슨 일이 있어도 내 신세 내력을 알아내고, 나를 둘러싸고 오래전부터 벌어진 이 일의 내막을 밝혀내야 해.'

운도가 입술을 악물었다.

그렇게 해야만 억울하게 살아온 지난 십오 년의 세월에 대한 보상을 받을 수 있다고 생각한 것이다.

그런 다음에 이 믿을 수 없는 실망스러운 세상을 버리고 떠나야 당당하지 않을 것인가.

운도는 더 이상 쾌도왕에게 형제 같은 감정을 느낄 수 없었다.

그가 알았던 송번성의 쾌도왕은 이제 세상 어디에도 없는 것이다.

운도가 매서운 눈길로 앞서 가고 있는 쾌도왕 갈포참의 넓적한 등을 노려보았다.

그가 무서우면서 밉기 짝이 없지만 지금은 눈앞의 저 사람을 따라가지 않을 수 없다.

이 황량한 곳에서 개죽음을 당할 수는 없지 않은가.

'나는 절대로 죽지 않겠어. 어떤 일이 있어도 반드시 살아남고 말겠어.'

운도의 굳은 결심은 그를 전혀 다른 사람으로 변화시키는 시발점이었다.

단운도는 이 황량한 억새 벌판에서 그동안의 제 껍질을 깨뜨리고 다른 세상을 향해 비로소 첫걸음을 떼어놓고 있었던 것이다.

그런 운도의 마음을 아는지 모르는지 묵묵히 억새풀만 헤쳐 나아가던 쾌도왕이 불쑥 말했다.

"장왕의 무형장법을 다 배웠겠지?"

"무형장이라고?"

"네가 조금 전 흑의인들의 검을 피하던 그것 말이다. 그게 장왕의 무형장에 들어 있는 운신과 도인법 아니더냐?"

"아!"

운도는 비로소 그 장법의 이름이 무형장(無形掌)이라는 걸 알았다.

"무형장은 장왕을 나타내는 절세적인 장법이다. 네가 그 안의 것을 얼마나 배웠는지 모르나 대성한다면 이 넓은 천하에 장법으로 너와 겨룰 자가 몇 되지 않을 것이다."

운도는 과연 그럴 것이라고 믿었다.

고작 네 초식에 불과한 장법이었지만 그 안에는 무수히 많은 변화가 깃들어 있지 않던가.

기본이 되는 네 개의 초식을 완벽하게 익히고 나면 무수한 변화를 자유자재로 만들어낼 수 있는 게 바로 무형장의 특징이었던 것이다.

그러니 장왕 진사곤이 강호에서 펼쳤던 장법과 장차 운도가 펼치게 될 장법이 전혀 다른 것일지도 모른다.

하지만 그 안에 깃들어 있는 비결과 장법의 근본은 같으니 역시 무형장이 되는 것이다.

그처럼 자유자재한 장법이기에 그것의 이름이 형체가 없다는 뜻의 무형장이 된 것인지도 모른다.

쾌도왕이 허공에 대고 말했다.

"부지런히 익혀서 대성하여라. 그것이 장왕의 죽음을 헛되게 하지 않는 길이다."

"그럼 쾌도왕 당신은?"

당신도 당신의 도법 비결을 나에게 가르쳐 주지 않았느냐고 묻고 싶었다.

그런 운도의 마음을 안다는 듯이 쾌도왕이 돌아보고 빙긋 웃었다.

"초식 따위는 마음에 담아둘 필요가 없지."

"힘의 조절?"

"그렇지. 너는 역시 깨우침이 빠르다."

쾌도왕이 크게 고개를 끄덕이며 빙그레 웃었다.

운도는 그래서 그가 자기에게 고기를 자르게 했고, 한순간에 칼을 딱 멈출 수 있게 되기를 원했다는 걸 알았다.

"속도는 통제다. 통제할 수 없는 속도란 아무 의미 없어. 그건 내 것이 아니기 때문이다."

"속도가 통제라고?"

쾌도왕의 모호한 말에 운도가 고개를 갸웃거렸다.

"번갯불을 생각해 봐라. 세상에서 그것보다 빠른 건 없다. 하지만 그 번갯불은 절대로 내가 통제할 수 없는 것이다. 그러니 나와는 아무 상관도 없지."

"내가 통제할 수 있는 속도만이 중요한 것이고, 얼마나 빠른 칼을 가질 수 있게 되느냐가 거기에서 결정된다는 거로군?"

"하하― 통쾌하구나!"

쾌도왕이 크게 웃었다.

그리고 나서 다시 엄숙하게 말했다.

"힘이 속도의 통제를 가능하게 해주지. 빠를 때는 번갯불 같고 느릴 때는 멎어 있는 것 같다. 하지만 그 안에는 언제나 일정한 힘이 깃들어 있느니라. 그걸 자유자재로 통제할 수 있게 될 때에 비로소 쾌도가 나타나는 것이다."

알 것 같았다.

쾌도왕이 고기를 단번에 썰고, 뼈를 가르던 그 칼의 움직임이 비로소 머릿속에 환하게 박혀든다.

"어떻게 움직이는 건지, 어떻게 통제하는 건지 보여주지. 두 눈을 크게 뜨고 똑똑히 보아야 한다."

"응? 지금? 여기서?"

쾌도왕 갈포참이 말없이 턱짓으로 저 앞을 가리켰다.

그제야 비로소 달빛에 잠겨 있는 어둠 속의 움직임이 느껴졌다.

와사삭거리며 사방의 억새풀들이 비명을 질러대기 시작했다.

대체 몇 명이나 저 속에 숨어 있는 건지…….

잠시 귀를 기울이던 쾌도왕이 피식 웃었다.

"몇 놈이 되었든 상관없지. 우리는 한 길만 갈 뿐이니까."

그가 등에 지고 있던 물건을 내려 들었다.

기름에 절어 있는 가죽 앞치마로 둘둘 만 물건.

작두의 날이다.

천천히 앞치마를 벗겨낸 쾌도왕이 그것을 손에 쥐었다.

바람이 불어왔다.

하얀 억새꽃들이 출렁이고, 그 위에 얹혀 있던 달빛이 파도 거품처럼 일어섰다.

숨 막히는 적막이 어둠과 함께 밀려들었다.

막막한 억새 벌판이 온통 칙칙한 적막을 두르고 가라앉아 버렸다.

자지러지던 풀벌레들마저 울음을 뚝 그치고 바람도 멎었다.

깊은 바다 속처럼 고요한 침묵.

그 속에서 쾌도왕은 홀로 우뚝 서 있는 살아 있는 자였다.

단단한 어깨와 떡 벌어진 등.

그는 그 어깨와 등으로 달빛을 미끄러뜨리며 완고하고 완강하게 서 있었다.

그것을 바라보는 운도의 눈에 감탄이 물결쳤다.

쾌도왕의 저 넓은 등을 바라보는 것만으로도 모든 두려움이 사라진다.

우수수—

깜짝 놀란 바람 한 가닥이 재빨리 지나갔고, 드디어 억새 벌판 사방에서 버석거리는 소리가 들려오기 시작했다.

조심스럽고 작은 소리였지만 얼마 지나지 않아 천둥소리처럼 크게 울리는 기척이 되었다.

불쑥, 불쑥.

여기저기에서 솟아나오고 있는 무사들.

그들은 처음 조우했던 검은 두건의 기괴한 자들과 달리 모두 잿빛 무복을 입고 있었다.

그래서 이 어둠과 억새꽃들 속에서는 더욱 식별하기가 쉽지 않다.

대체 몇 명이나 몰려든 건지 헤아릴 수가 없었다.

어둠 속이라 더욱 그렇다.

번쩍이는 그들의 눈빛과 쨍 하고 달빛을 퉁겨내는 검신의 차가움이 서릿발처럼 억새 벌판을 뒤덮고 있었다.

그리고 한 사람.

재색의 피풍을 펄럭이며 앞으로 나서는 자가 있었다.

한 손에 면이 넓어 묵직해 보이는 칼을 쥐고 있는 거구의 중년인이었다.

그가 억새풀을 헤치며 천천히 다가와 쾌도왕 앞에 서더니 턱짓을 했다.

"그대가 쾌도왕인가?"

칼을 보고 그자를 바라본 쾌도왕 갈포참이 고개를 끄덕였다.

"누군가 했더니 파풍광도 양가경이로군."

"그렇다."

파풍광도(破風狂刀) 양가경.

그는 호남무림의 강자로 꼽히는 절정의 고수다.

별호에서 알 수 있듯이 한 자루의 크고 무거운 파풍도를 잘 썼는데, 한 번 칼을 휘두르기 시작하면 피를 보기 전에는 그치지 않는 걸로 유명했다.

풍사곡이 호남무림의 패자로 오랫동안 군림하게 된 데에는 양가경 같은 자들이 충성하고 있기 때문이었다.

검진삼협 위진평이 비록 개세적인 고수이지만 그 혼자서는 그와 같은 세력을 가질 수 없었을 것이다.

　고수들이 많기로 소문난 풍사곡 내에서도 다섯 손가락 안에 꼽히는 고수.

　그의 이름은 단지 호남무림에서만이 아니라 강호 전체에 알려지지 않은 곳이 없었다.

　그만큼 대단한 자를 마주하고 있지만 쾌도왕 갈포참의 얼굴에는 표정이 없었다.

　무심하게 양가경을 바라보던 쾌도왕이 그보다 더 무심한 어투로 말했다.

　"내 길을 가로막는 자는 죽는다. 예전에도 그랬고 앞으로도 그럴 것이다."

　"내 소원이 무엇이었는지 아는가?"

　양가경 또한 비웃음을 띤 채 말했다.

　"바로 쾌도왕 전풍과 칼을 겨루어보는 거였다. 하지만 그대는 아닌 것 같군."

　갈포참의 입꼬리가 말려 올라갔다. 감히 제 사부의 이름을 함부로 부른 데 대한 노여움이었다.

　"너는 제일 먼저 내 손에 죽는다."

　"홍, 네가 과연 전풍의 진전을 얼마나 받았을까? 아니, 그의 별호를 물려받을 자격이나 있을까?"

　"말이 길다."

　쾌도왕이 작두를 든 채 성큼성큼 걸어 양가경에게로 다가갔다.

　조금도 두려워하거나 꺼려하는 기색이 없었다.

이미 운도와 쾌도왕 주위에는 많은 무사들이 멀리서 에워싸고 있었다.

몇 겹이나 되는지 알 수도 없다.

그러나 쾌도왕은 눈앞에 아무도 없는 것처럼 행동했고, 운도 또한 조금도 두렵지 않았다.

운도의 관심은 오직 쾌도왕의 칼을 보는 것이었다.

그가 어떻게 움직이는 건지, 어떻게 칼을 쓰는 건지 똑똑히 보여주겠노라고 하지 않았던가.

그건 곧 이곳에서, 이 절박한 순간에 자신의 쾌도 비법에 대한 전수를 마치겠다는 의미이기도 했다. 모든 걸 다 보여주는 것이다.

그래서 운도는 눈을 부릅뜨고 쾌도왕의 미세한 동작 하나에도 바짝 신경을 곤두세워 지켜보았다.

장왕 진사곤에게서 무형장법을 배울 때도 그랬듯이 기회는 한 번뿐이라는 걸 잊지 않았다.

막중한 기세.

파풍광도 양가경은 성큼성큼 걸어 다가오는 쾌도왕에게서 말할 수 없는 중압감을 느꼈다.

거리를 두고 바라보았을 때와는 전혀 다른 기세인지라 당황하게 된다.

쾌도왕이 한 걸음을 내디딜 때마다 중압감이 배가되었다.

터질 듯한 긴장과 숨 막히는 그 압력을 견디지 못하게 된 양가경이 벼락같은 고함을 터뜨렸다.

"이놈!"

온 들판이 쩌르릉 울리는 무시무시한 고함이면서 또한 기합성이기도 했다.

콰아아아—

양가경이 그대로 쳐나가며 파풍도를 휘둘러 허공을 격하고 베어갔다.

무시무시하게 뻗어나가는 도세가 폭풍을 연상하게 했다.

그것이 팔방을 온통 은빛 찬란한 도기(刀氣) 속에 가두고 눈부시게 번쩍였다.

거대한 은빛 그물을 덮어씌우는 것 같다.

"아!"

운도가 놀란 외침을 터뜨리며 몸을 굳혔다.

어떻게 한 자루의 칼에서 저와 같이 수많은 기세가 뻗어나올 수 있는 건지, 어떻게 그것이 그물처럼 팔방의 허공을 모두 가두며 펼쳐질 수 있는 건지 불가사의하게 여겨질 뿐이다.

그때 쾌도왕이 움직였다.

운도가 눈을 부릅떴다.

번쩍!

허공을 찍어버리는 거무튀튀한 빛 한줄기가 언뜻 보였다.

대지를 가득 뒤덮은 구름을 가르그 내리꽂히는 뇌전과도 같은 것.

그것이 파풍도의 도기를 두 쪽으로 쪼개 버렸다.

쾅!

운도의 귓속에 그러한 어마어마한 충격음이 들린 것 같았
다.

그리고 똑똑히 보았다.

파풍도를 두 동강 내며 그대로 떨어져 양가경의 머리통을
사과 쪼개듯 쩍 갈라 버리고 박히는 작두를.

"아—"

운도가 탄성을 터뜨렸다.

무시무시한 쾌도왕의 그 도법에서 끔찍함 대신 아름다움을
느낀 것이다.

휘이이—

비릿하고 무거운 적막 속을 바람 한줄기가 몸서리를 치며
달려갔다.

그러자 부르르 몸을 떤 양가경이 비로소 천천히 뒤로 넘어
갔다.

쿵—

그의 몸뚱이가 완전히 땅에 닿았을 때 쾌도왕이 불쑥 말했
다.

"똑똑히 보았겠지? 이것이 제일초이면서 마지막 초식이기
도 한 파천도세라는 것이다. 나의 쾌도에는 이 한 가지 초식밖
에 없다."

파천도세(破天刀勢).

그건 더 이상 격렬할 수 없는 아름다움이었다.

세상의 온갖 우아하고 멋들어지며 고상한 그런 것들을 한순간에 쓰레기로 만들어 버리는 강렬함이다.

그래서 가장 강하고, 가장 통쾌하며, 가장 무서운 그런 아름다움이다.

끔찍하다고 해야 할 아름다움이 있다면 바로 저 한 초식의 도법이리라.

그 앞에서는 더 이상의 법(法)도, 더 이상의 질서나 규칙도 존재하지 않을 것 같았다.

더 이상의 생(生)도 없다.

오직 죽음이 있을 뿐이고, 단 한 번의 완벽한 파괴와 단 한 번의 몸서리쳐지는 공포가 있을 뿐이다.

그러므로 그것은 악마의 이빨 같은 것이었다.

그래서 더욱 아름답다.

운도의 얼굴이 환희로 붉어졌고, 두 눈이 희열로 몽롱해졌다.

'저것이 쾌도왕의 진면목이었어. 저것이 그의 진짜 칼이었어……'

고기를 썰고 뼈를 자르던 칼.

그것이야말로 쾌도왕의 전부였던 것이다.

그는 모든 사람에게, 그리고 운도에게 언제나 자신의 전부를 보여주었다.

아무도 그것을 알아보지 못했을 뿐이다.

운도는 제가 이제야 그것을 제대로 본 걸 후회했다. 아니,

이제라도 그것을 보게 된 것에 대하여 감격했다.

단 한 초식의 도법.

그러나 세상의 모든 잡다함을 자르고 쪼개는 데에 그 한 번의 칼질이면 충분할 것이라고 생각했다.

'더 이상은 사치다!'

第十章
황피령(黃陂嶺)의 변(變)

마룡의
후예

혈로(血路).

그 말을 무색하게 하는 길이었다.

철벅거리는 핏물을 밟으면서도 운도는 그것이 핏물인 줄을 몰랐다.

사방에 널려 있는 주검들 사이를 지나가면서도 그것이 주검인 줄을 몰랐다.

그의 눈은 오직 앞서 가고 있는 쾌도왕 갈포참의 등에 머물렀고, 그의 의식은 오직 허공을 내리긋고, 찍고, 쳐 올리거나 사선으로 떨어지는 쾌도왕의 작두에 멎어 있을 뿐이었다.

"끄아악!"

"컥!"

다시 몇 마디의 답답한 비명 소리가 억새 벌판 가득 울려 퍼졌다.

철벅거리며 제 동료들의 핏물 속에 처박히는 회의(灰衣)무사들.

그들의 목숨 따위는 이제 아무도 신경 쓰지 않았다.

쾌도왕은 여전히 처음과 같은 기세로, 처음과 같은 힘으로 칼 대신 작두를 휘둘렀고, 그것은 여전히 그 맹렬함과 뇌전 같은 빠름을 잃지 않았다.

그를 가로막는 자들은 그 한 번의 파천도세를 막거나 피하지 못했다.

그들에게 기회란 아예 없었다.

쾌도왕 갈포참은 마치 능숙한 나무꾼이 잔가지들을 쳐내며 성큼성큼 더 깊은 숲 속으로 걸어 들어가고 있는 것 같았다.

거침이 없고, 머뭇거림도 없다.

"빠드득—"

언덕 위의 소나무 아래에서 이를 갈며 바라보는 자가 있었다.

흑건대의 주인인 깡마른 흑의중년인이었다.

강호에서는 그를 환영독수라고 부르며 두려워했다.

환영독수(幻影毒手) 당가량(唐加樑).

위진평의 풍사곡 내에서도 그의 진정한 무서움을 아는 자는 드물었다.

위진평의 왼팔과 같은 자.

그는 사천당문의 비전을 지닌 고수였는데, 위진평에게 찾아와 그의 심복이 되었다.

"죽일 놈."

그는 지금도 마른 장작을 쪼개듯 풍사곡의 무사들을 찍어 넘기고 있는 쾌도왕을 내려다보고 있었다.

그 무심하면서 잔인한 솜씨에 혀를 내두르면서도 눈에서는 불길이 활활 타올랐다.

오랜 기간 동안 단련에 단련을 거듭해 고수로 성장한 풍사곡의 무사들이었다.

그런 자들이 쾌도왕 한 명을 당하지 못하고 벌써 수십 명이나 죽어버렸으니 분할 수밖에 없다.

이러다가는 이곳 황피령의 억새풀 속에서 파풍광도 양가경이 데리고 온 일백 명의 무사를 모두 잃을지도 모른다.

"어떠냐?"

당가량이 뒤도 돌아보지 않은 채 물었다.

"하명하소서."

그의 뒤쪽, 소나무 그늘 속에는 다섯 명의 흑의인이 나무가 된 것처럼 서 있었다.

하나같이 흑건으로 얼굴을 가린 괴기한 분위기의 깡마른 자들이었다.

당가량이 손수 당문의 절기를 가르쳐서 길러낸 그의 심복이면서 흑건대의 최고이자 자랑이라고 할 수 있는 오 인의 척살자.

풍사오령(楓沙五靈).

'부족할지도 모르지.'

그들을 등 뒤에 두고서 당가량은 그런 생각을 하지 않을 수 없었다.

어쩌면 자신이 직접 나서야 할지도 모른다는 생각은 짜증과 불쾌감으로 부풀어 올랐다.

지금도 두 명의 무사가 쾌도왕의 작두에 찍혀 덧없이 쓰러지고 있지 않은가.

불과 반 시진 만에 반이 저렇게 맥없이 죽어 나갔다.

저항다운 저항 한번 해보지 못하고 쾌도왕의 희생물이 된 것이다.

그들은 대주인 파풍광도 양가경을 잃었으니 더욱 위태롭기만 했다.

"대단한 놈이다. 과거의 전풍 못지않다."

당가량은 또 한 명의 회의무사가 두 쪽이 되어 떨어지는 걸 보면서 감탄하지 않을 수 없었다.

과거에 전풍과 그는 딱 한 번 부딪쳐 본 적이 있었다.

그때의 쾌도왕 전풍의 위력이 지금도 생생하게 기억된다.

하지만 저 아래 있는 저놈처럼 끔찍하지는 않았다고 생각했다.

"저놈은 일대 쾌도왕 전풍보다 더 지독하고 무정한 놈이다."

그러니 더욱 살려둘 수 없다는 결심을 굳히게 된다.

"자신없으면 지금 말해라. 그러면 이쯤에서 그만두고 철수하겠다."

등 뒤에 있는 풍사오령에게 하는 말이다.

"하명하소서. 속하들은 오직 대주의 하명을 기다리고 있을 뿐입니다."

"그래?"

당가량의 입가에 차가운 미소가 걸렸다.

그렇다면 한번 해보는 것이다.

과거, 전풍에게 당했던 치욕을 오늘 저놈에게 갚아준다면 그것도 통쾌할 것 아닌가.

당가량이 하늘을 바라보았다.

멀리서 희뿌옇게 새벽빛이 다가오고 있었다.

예정된 시간까지는 아직 한 시진쯤 남아 있다.

하지만 어쩌면 그 안에 참마혈도 엄문탁이 곡주를 모시고 도착할지도 모른다. 지금쯤 달리는 말에 채찍질을 해가며 미친 듯 달려오고 있을 테니까.

곡주의 친위대 일백 명과, 아홉 방향에 흩어져 있던 문도들이 이곳에 모두 모여든다면 쾌도왕이 아니라 그보다 더한 자라도 절대로 이곳을 빠져나가지 못할 것이다.

"그전에 해치운다."

다시 세 명의 무사가 쾌도왕의 작두에 찍혀 넘어지는 걸 보면서 당가량이 부드득 이를 갈았다.

풍사곡의 명예가 이렇게 무너지는 걸 더 이상 용납할 수 없다.

곡주를 무슨 낯으로 볼 수 있을 것인가.

무엇이라고 보고할 것인가.

그전에, 곡주 위진평이 친위대와 함께 도착하기 전에 제 손으로 끝내야만 한다.

"가라!"

드디어 당가량의 명령이 떨어졌다.

그의 등 뒤에 서 있던 다섯 명의 흑의인이 바로 그 순간을 기다렸다는 듯 허공으로 솟구쳐 올랐다.

검은 그림자를 길게 끌며 언덕 아래로 처박히듯 떨어져 간다.

"쩝—"

입맛을 다신 당가량도 성큼 걸음을 떼어놓았다.

*　　　*　　　*

두두두두—

일백 필의 건장한 말들이 미친 듯 벌판을 달려가고 있었다.

옷자락을 휘날리며 선두에서 달리고 있는 자는 검진삼협 위진평이었다.

그의 얼굴에는 초조해하는 기색이 가득했다.

"느리다!"

그 말에 두어 걸음 뒤에서 따르고 있던 참마혈도 엄문탁이 버럭 소리쳤다.

"서둘러라! 더 빨리!"

뒤따르고 있는 일백 명의 무사들이 말 등에 더욱 몸을 밀착시키고 말 목을 두드렸다.

두두두두―

아무리 천리마라고 할지라도 달리는 데에 한계가 있게 마련이다.

지금 일백 필의 건마들은 그 한계에 이르러 있었다.

입에서 허연 거품을 뿜어내면서도 주인의 재촉을 견디지 못하고 미친 듯 달려간다.

위진평은 마음이 달리는 말보다 몇 배는 더 급했다.

'마교 놈들이 이렇게 가까이에 있었다니! 그건 나를 그만큼 얕보았다는 것 아니겠는가.'

그런 노여움의 이면에는 부인할 수 없는 드려움도 있었다.

바로 절대천마 풍약헌의 존재에 대한 것이다.

'그가 어디엔가 살아 있을지도 모른다.'

그 생각은 이제 기정사실로 굳어져 가고 있었다.

장왕 진사곤에 이어서 쾌도왕이라는 자가 제 정체를 드러냈기 때문이다.

그리고 그들 복판에 단운도가 있다.

대체 그 녀석의 정체가 무엇이기에 장왕과 쾌도왕이 그토록 그 녀석을 구하기 위해 애쓰는 건지 의아했다.

분명 마교와 깊은 연관이 있는 놈일 것이다.

'그런데 왜?'

그 의문이 가장 컸다.

어째서 그런 녀석을 화산의 이릉운이 거두어 제자로 삼았으며, 십천지주의 후보로 내세웠단 말인가.

그 일은 이릉운을 만나 물어보면 알게 되겠지만 그전에 지금은 쾌도왕을 잡고 운도를 잡아야 했다.

지금쯤은 전통을 받은 무림맹의 고수들도 물밀듯이 이곳으로 밀려들고 있을 것이고, 가까운 곳의 십천주 중 몇 명도 그럴 것이다.

쾌도왕과 단운도가 그들의 손에 넘어가기 전에 잡아야 한다.

그래야 온갖 고문을 가해서라도 마교가 다시 중원 한복판에서 모습을 드러낸 이유를 알아낼 수 있을 것이다.

또한 절대천마 풍약헌의 존재에 대해서도 알아낼 수 있을 것이다.

"늦다!"

위진평이 신경질적으로 소리쳤다.

*　　　*　　　*

"늦다! 늦어!"

발을 구르며 초조해하는 또 한 사람이 있었다.

"왔느냐?"

밖을 향해 소리치는 사람은 황 대인으로 통하는 거상(巨商)
황준보(黃俊寶)였다.

깔끔한 정원이 내려다보이는 별채에서 그는 안절부절못하
고 있었다.

대낮처럼 불이 밝혀진 방 안과 회랑을 벌써 수십 번도 넘게
들락거렸다.

"왔느냐?"

그의 고함 소리에 종 차림을 한 마른 청년이 뜰 아래로 달려
와 허리를 숙였다.

별채의 뜰에도 십여 개의 횃불이 활활 타오르고 있어서 대
낮처럼 밝았다.

"기별이 왔습니다. 반 시진쯤 있으면 도착한다고 합니다."

"반 시진이라니? 너무 늦다, 늦어!"

완화현이라는 곳의 객잔 하나를 통째로 빌려놓고 있는 황
대인은 지금 무엇인가를 애타게 기다리고 있는 중이었다.

그것을 가져오기로 한 수하가 게으름을 부리고 있을 리 없
다는 것을 잘 알고 있었다.

하지만 초조한 마음은 시간이 지날수록 커지기만 했다.

"만약, 만약 일이 잘못되면 그 모든 건 나 탓이 된다. 나는
후손 대대로 속죄를 한다고 해도 그 죄를 다 갚지 못할 것이
야."

"하오면 속하가 다녀올까요?"

"이놈아, 너보다 황매가 열 배는 빠르지 않느냐? 또 날려!"

“존명.”

사내가 급히 사라지고 얼마 되지 않아 화중객잔의 삼층 누각 위로 누런 매 한 마리가 날아올랐다.

달빛을 타고 쏜살같이 남쪽으로 사라진다.

그렇게 전서응(傳書鷹)을 띄운 게 벌써 여섯 마리째였다.

이 일에 황 대인이 얼마나 초조해하고 있는지 그것만으로도 충분히 알 수 있었다.

그 시각.

황준보가 발을 구르며 기다리고 있는 완화현 밖 이십 리 지점.

“이랴! 이랴!”

우두두두—

네 필의 오추마가 끄는 마차 한 대가 미친 듯이 한밤중의 관도 위를 질주하고 있었다.

새벽이 다가오는 무렵이지만 유흥가가 밀집해 있는 대로변인지라 적지 않은 사람들이 오가고 있었다.

마차는 그들을 아랑곳하지 않고 질주했다.

마부석에 앉아 있는 사람은 황 대인의 마차를 몰던 초로의 노인이었다.

그 곁에 날카로운 눈매의 장한이 앉아서 등롱(燈籠)을 휘두르며 연신 소리를 질러대고 있었다.

“길을 비키시오! 길을 비키시오!”

우두두두―

하루에 천 리를 간다는 네 필의 오추마는 입에 거품을 물고 있었다.

사람들이 놀라 비명을 지르며 흩어지느라고 거리가 순식간에 아비규환 속이 되었다.

어둠의 전령인 것처럼 마차가 바람을 후몰며 지나가고 난 뒤에서 욕을 해대는 사람들이 빠르게 멀어져 간다.

그렇게 마차는 거칠 것 없이 어두운 저자를 달려갔다.

그 앞 반 마장 되는 곳을 다시 두 필의 오추마가 미친 듯 달려가고, 마차의 뒤에서도 두 필의 오추마가 그렇게 따라오고 있었다.

앞뒤로 호위하고 있는 것이다.

저 앞에 굳게 닫혀 있는 성문이 나타났다.

관병들이 거친 말발굽 소리에 놀라 뛰어나오는 게 보였다.

그러나 앞서 길을 열고 있는 두 필의 오추마는 멈출 기세가 없었다.

그 위에 찰싹 엎드려 있는 두 명의 장한 중 한 명이 말 배를 박차고 앞서 달려갔다.

"통행장이오!"

그가 말에서 뛰어내림과 동시에 미친 듯이 달려왔던 달이 앞발을 높이 들고 우렁차게 울며 멈추어 섰다.

잘 훈련된 명마 중의 명마였던 것이다.

장한이 급히 두루마리를 펼쳐 보였다.

그것은 추밀원의 직인이 선명하게 찍혀 있는 통행장이었다.

현령이나 성주의 직인만 찍혀 있어도 누구나 검색없이 통과할 수 있는데 중앙의 최고 관부인 추밀원의 직인이 찍혀 있는 통행장 아닌가.

처음 그것을 보는 지방 현성의 관병들이 어리둥절해할 수밖에 없다.

수문장이 횃불을 쥐고 달려와 그것을 비추어 보더니 낯빛이 핼쑥해졌다.

"문을 여시오, 어서!"

장한이 다급하게 소리쳤다.

그 새 마차가 일백여 장 저쪽에 다가오고 있었던 것이다.

"문을 열어라!"

무엇이 어떻게 되는 건지 모르나 추밀원의 통행장을 지닌 자의 말을 거역할 수는 없다.

수문장의 호령에 병졸들이 달려들어 육중한 성문을 반쯤 열었을 때 그 사이로 아슬아슬하게 마차가 빠져나갔다.

우두두두—

관병들이 온통 먼지를 뒤집어쓴 채 멍하니 그것을 바라보았다.

대체 이게 무슨 일인지, 꿈을 꾸고 있는 건 아닌지 모르겠다는 얼굴들이었다.

일각.

마차는 그 뒤로부터 정확히 일각 뒤에 드디어 완화현에 들어섰다.

　그리고 여전히 저자를 미친 듯 질주해서 통과했다.

　드디어 화중객잔 앞에 이르자 기어이 그것을 끌던 네 필의 오추마가 무릎을 꿇고 쓰러졌다.

　죽어버린 것이다.

　한 필에 천 냥을 주어도 아깝지 않은 말 네 필이 그렇게 죽어버렸지만 누구도 그것을 돌아보지 않았다.

　객잔 안에서 십여 명의 장한이 횃불과 함께 쏟아져 나오더니 말에서 마차를 떼어내는데, 익숙하기 짝이 없는 솜씨였다.

　순식간에 말과 마차를 분리해 낸 그들이 그것을 번쩍 들어서 그대로 객잔 안으로 옮겨갔다.

　"이제 왔느냐?"

　별채의 뜰에는 벌써 황준보가 나와 기다리고 있었다.

　늘 비단 화복을 입고 의젓하게 굴던 그가 지금은 날렵해 보이는 경장 차림이었다.

　그의 곁에는 두 명의 장한이 신광이 이글거리는 눈을 번쩍이며 서 있었다.

　하나같이 강궁을 쥐었고, 허리에는 화살이 잔뜩 들어 있는 전통을 매달고 있다.

　"늦었다, 늦었어."

　희뿌연 새벽빛으로 물들어가기 시작하고 있는 하늘을 바라본 황준보가 발을 굴렀다.

　"어서 펼쳐라!"

그의 재촉에 마차를 떠메고 들어온 장한들이 그 안에서 급
히 짐을 끄집어냈다.

무엇이 들어 있는 건지 알 수 없는 커다란 가죽 포대이고,
무엇에 쓰이는 건지 알 수 없는 몇 가지 물건들이었다.

*　　　*　　　*

"으음—"

환영독수 당가량이 잔뜩 눈살을 찌푸렸다.

쾌도왕 갈포참.

그의 몸뚱이는 핏물에 흠뻑 젖어 혈인(血人)처럼 변해 있었
다.

그 붉은 몸뚱이에 박혀 있는 십여 개의 암기가 달빛을 싸늘
하게 튕겨내고 있었다.

황소라고 해도 벌써 열 번은 거꾸러졌어야 할 일이지만 쾌
도왕은 여전히 두 발로 땅을 굳건히 딛고 서 있었다.

그가 쥐고 있는 작두에서 핏물이 뚝뚝 떨어지고 있다.

"쾌도왕!"

저만큼 떨어진 곳에서 운도가 안타깝게 불렀다.

쾌도왕이 금방이라도 쓰러질 것처럼 위태롭게 여겨졌던 것
이다.

다른 사람들은 모른다.

여전히 쾌도왕의 작두가 뇌전을 방불케 하는 속도로 허공을

휩쓸고, 여전히 그것에 실려 있는 힘이 바의라도 쪼갤 것처럼
위맹하게 여겨질 뿐이다.

그러나 운도는 알 수 있었다.

쾌도왕은 지금 자신의 힘과 기세를 잃어가고 있는 중이었
다.

저 다섯 놈이 그렇게 했다.

운도가 매서운 눈길로 노려보는 곳에 풍사오령이 있었다.

하나같이 사람의 온기가 느껴지지 않는 자들.

정의를 부르짖고, 정정당당한 행동을 자랑하는 백도에 저와
같은 자들이 있다는 게 의심스럽기 짝이 없었다.

그러고 보니 풍사곡주 위진평 또한 음흉한 사람이었다는 생
각이 들었다. 사부 등 선생도 마찬가지 아닌가.

'백도십천은 어쩌면 모두 그런 사람들인지도 몰라.'

운도는 백도십천이 모두 미워졌다.

그들이 절대적인 강자들인지는 몰라도 당당한 정인군자들
은 아닐 것이라는 회의가 든 것이다.

그들보다는 위기 앞에서도 저렇게 의연하고 꿋꿋한 쾌도왕
갈포참이 훨씬 사나이답지 않은가.

"항복해라."

당가량이 싸늘하게 말했다. 물론 쾌도왕이 그럴 것이라고는
믿지 않는다.

역시 쾌도왕이 히죽 웃었다.

핏물로 범벅이 된 얼굴이 일그러지며 하얗게 드러나는 그

이빨은 끔찍한 것이었다.

당가량이 눈살을 찌푸렸다.

아직 쾌도왕에 대해서 어떻게 처리하라는 명령은 받지 못한 그였다. 사로잡을 수 없으면 죽여도 그만이라고 판단했다.

"흥."

코웃음을 친 당가량이 한 손을 흔들었고, 그 즉시 풍사오령이 쾌도왕을 둘러싼 채 바람처럼 맴돌기 시작했다.

핏—

그들이 일제히 손목을 떨쳐 암기를 허공에 던져 올렸다.

부우웅, 하는 기괴한 소리가 낮게 울렸다.

다섯 마리의 오색영롱한 철호접이었다.

당가의 암기 중 지독하기로 열 손가락 안에 꼽히는 호접비(胡蝶匕)인 것이다.

시전자의 마음대로 조종할 수 있으려면 상당한 수련이 필요한 까다로운 암기인데, 풍사오령은 그것을 자유자재로 통제하고 있었다.

다섯 마리의 오색 나비가 달빛을 받아 반짝이며 허공을 맴도는 모습은 아름답기 짝이 없었다.

그 모습만을 보고는 누구도 그것이 극독을 품고 있는 극악한 살인 암기라고 생각하지 않을 것이다.

하지만 운도는 그것에서 말할 수 없는 불안을 느꼈다.

온몸에 크고 작은 암기들을 맞은 채 홀로 그것에 맞서고 있는 쾌도왕을 바라보는 마음이 안타까움으로 물결친다.

왈칵 눈물이 북받쳐 올라왔다.

"쾌도왕! 죽으면 안 돼!"

운도가 발을 구르며 소리쳤다. 그것뿐이었다.

아무것도, 그를 위해 도움이 될 아무것도 할 수 없다는 게 분하고 억울했다. 안타깝고 미안하다.

쾌도왕이 껄껄 웃었다.

"죽는다고? 내가 기껏 저 쥐새끼들 몇 마리에게 물어뜯겨 죽을 사람으로 보이는 거냐?"

쾌도왕이 어금니를 악물었다.

작두를 쥐고 있는 팔뚝에 굵은 힘줄이 터질 것처럼 불거져 나와 푸들거렸다.

"똑똑히 봐두어라, 쾌도왕의 칼이 대체 어떤 건지."

스산하게 말한 그가 성큼 걸음을 떼어놓았다.

똑바로 당가량을 노려보면서였다.

그리고 허공에 짤가닥거리는 소음이 가득해졌다.

쾌도왕 주위를 떠돌고 있던 다섯 마리의 호접비가 날개를 부딪치기 시작했던 것이다.

그러자 위잉— 하는 날카로운 소리가 휘파람 소리처럼 터져 나왔다.

쉭—

그것들이 일제히 쾌도왕에게 달려들었고, 쾌도왕이 '흥!' 하고 코웃음을 쳤다.

"차핫!"

처음으로 그의 입에서 우렁찬 기합성이 터져 나왔다.

마흔다섯 명이나 되는 풍사곡의 고수들을 찍어 넘길 때에도 그는 다만 어금니를 꾹 물고 있었을 뿐인데 지금은 그렇지 않았다.

피이잉—

그의 작두가 손을 떠났다. 맹렬히 회전하며 허공을 난다.

운도가 눈을 부릅떴다. 놀람으로 절로 입이 딱 벌어졌다.

쾌도왕의 작두는 도대체 얼마나 큰 힘을 싣고 있는 건지 알 수 없었다. 짐작도 가지 않는다.

그것이 우렁찬 바람 소리를 내며 맹렬하게 회전했다. 그리고 부력을 받은 것처럼 허공을 선회하며 날아갔다.

풍사오령이 호접비를 날린 것보다 더 위맹하고 정교한 암기 수법인 것처럼 보였다.

카카캉—

그것이 닥치는 대로 호접비들을 박살 내며 선회할 때, 쾌도왕의 품에서 또 다른 흰 빛이 달빛을 팅겨내며 쏟아져 나갔다.

절삭도였다.

품에 감추고 있던 세 자루의 절삭도가 부웅, 하는 요란한 소리를 내며 도끼처럼 날아간 것이다.

풍사오령 중 세 놈이 당황하여 급히 몸을 피했다. 그 틈을 쾌도왕이 뚫고 쏘아져 들어갔다.

한 번 크게 도약한 그가 아직도 붕붕거리며 허공을 맴돌고 있는 작두를 잡았다.

그리고 그 자신의 몸뚱이를 내던지듯이 그대로 떨어져 내렸
다.

부웅―

웅장한 바람 소리가 터져 나오고, 퍽! 하는 끔찍한 기음이
뒤따랐다.

풍사오령 중 한 명이 어깨가 가슴에 이르기까지 쩍 벌어지
는 게 꿈결인 것처럼 보였다.

"헛!"

그 의외의 상황에 당가량이 헛바람을 들이켰다.

급히 검을 뽑아 후려치며 뒤로 미끄러져 물러난다.

그러나 쾌도왕은 서두르지 않았다.

쾅!

그에게 부딪쳐 온 풍사오령 중 또 한 놈이 목을 찍히고 무너
질 때 쾌도왕은 성큼성큼 세 걸음을 걸어 나아가고 있었다.

그의 작두는 더욱 무정하고 더욱 사나워져 있었다.

그가 격렬하게 움직이는 통에 그의 몸에 박혀 있던 십여 개
의 암기가 절로 떨어져 나갔다.

그것들은 쾌도왕의 피부를 뚫었을 뿐 살 속 깊이 박히지 못
했던 것이다.

쾌도왕의 호신기공이 이미 그 정도의 경지에 올라 있다는
걸 안 당가량이 더욱 놀라고 긴장했다.

'저놈은 과거의 전풍 이상이다!'

'제 사부만 하겠는가?' 하고 비웃었는데 기제는 오히려 전

풍과 싸우던 때가 더 나았다는 생각마저 들었다.

쾌도왕은 지쳐 있었다.

제아무리 내력이 심후하고 힘이 항우와 같다고 해도 쉴 새 없이 계속하는 싸움에 지치지 않을 자는 없다.

이를 악물고 그것을 내색하지 않고 있을 뿐이었다.

이것이 어쩌면 마지막 싸움이 될지도 모른다는 생각이 불쑥 들었다.

눈앞의 풍사오령과 당가량이 다가 아닐 게 뻔하기 때문이다.

더 무서운 자가 시시각각 다가오고 있다는 걸 본능적으로 느낀다.

'위진평……..'

그자를 생각하면 이가 갈렸다.

목숨을 걸고 한번 꼭 싸워보고 싶은 자이기도 했다.

하지만 어쩌면 위진평이 오기 전에 이 황량한 벌판에 쓰러져 눕게 될지도 모른다.

그건 불만이지 않을 수 없었다.

그렇게 되지 않기 위해서, 언젠가는 위진평을 보란 듯이 꺾어 보이기 위해서라도 여기서 죽을 수는 없다.

불끈 모든 힘을 끌어올린 쾌도왕이 미끄러지듯 앞으로 나아갔다.

휙—

이제는 풍사삼령이 된 자들이 그런 쾌도왕을 향해 몸으로 부딪칠 것처럼 밀려들었다.

소리도 없고 기척도 남기지 않는 은밀한 움직임이었지만 그들만으로는 쾌도왕의 거대한 기운을 막아낼 수 없었다.

쾅!

또 한 번 작두가 굉음을 내며 떨어졌다.

쾌도왕의 도법은 단순하기 짝이 없는 것이었다. 오직 직선만을 추구할 뿐이다.

내리찍거나, 종으로 쓸어가거나, 사선으로 쳐 올리는 그 단순한 수법이 의아하게 여겨질 정도였다.

그러나 그것 앞에서 단 한 번을 견뎌내는 자가 없었다.

쾌(快).

빠르다는 것이 이처럼 가공한 기세를 내뿜을 수 있다는 게 불가사의하기만 하다.

하긴, 두 점 사이를 잇는 가장 빠른 길은 직선 아니던가.

쾌도왕의 칼은 나와 상대방 사이에 직선을 그리고 그것을 따라 뻗어나갈 뿐이었다. 한 치의 어긋남도 없다.

"크윽!"

최초의 신음성이 흘러나왔다.

직선의 한 끝에 있던 자다.

반쯤 벌어진 목덜미로 콸콸 선혈을 흘려대며 그자가 모로 쓰러질 때, 칼을 대신하고 있는 쾌도왕의 작두는 또 다른 직선을 찾아 허공을 찢어가고 있었다.

쾅!

그것을 막았던 자의 검이 덧없이 동강 나고, 옆구리 깊숙이 작두가 파고들어 모습을 감추었다.

휙—

등 뒤에서 찔러오는 마지막 놈의 검을 쳐낼 수가 없다.

작두를 포기한 쾌도왕이 왼손을 뒤로 뻗어 휘둘렀다.

카카캉—

한순간에 세 번 터져 나온 기성은 어느새 뽑아 쥔 그의 절삭도가 검신을 두드려 대는 소리였다.

그자가 그 무시무시한 힘에 밀려 주춤거리며 물러설 때 쾌도왕이 발을 번쩍 들어 아직도 한 놈의 옆구리에 깊숙이 박혀 있는 작두의 손잡이를 힘껏 걷어찼다.

피잉—

그것이 비로소 뽑히며 무서운 기세로 당가량을 향해 날아갔다.

윙윙거리는 파공성이 허공에 가득해진다.

풍차처럼 회전하며 날아드는 작두의 기세는 당가량의 간담을 서늘하게 만들었다.

'다 틀렸다!'

그토록 애지중지하는 풍사오령이 쾌도왕 한 명에 의해 박살 났다는 절망감보다 제 목을 노리고 회전하며 날아드는 작두에 대한 두려움이 더 컸다.

"에잇!"

당가량이 목청껏 외치며 검을 휘둘렀다.

캉!

덧없이 부러져 버린다.

그 대신 끔찍하기만 한 작두의 방향을 틀어놓기는 했다.

위이잉—

목덜미를 스쳐 가는 그것의 파공성에 머릿속이 울렸다.

그리고 코앞에 닥쳐든 쾌도왕의 비릿한 숨결.

픽!

절삭도는 한 점의 연민이나 동정도 없이 당가량의 목을 쳐 버렸다.

단번에 살을 가르고 뼈를 잘라 버리던 절삭도 앞에서 당가량의 목은 덧없이 허공을 날 수밖에 없었다.

"아!"

운도가 다시 경악의 외침을 터뜨렸다.

볼 때마다 쾌도왕의 저 힘과 냉혹함 앞에서 놀라고 감탄하지 않을 수 없다.

운도는 이제 칼이 아니라 쾌도왕의 싸움 방식을 보았다.

그건 과감성이었다.

적의 목숨을 취하기 위해서는 내 목숨도 내던져야 한다는 걸 그는 온몸으로 보여주었던 것이다.

내 목숨과 적의 목숨 사이에 거리가 멀수록 승리도 멀다.

내 목숨을 적의 목숨에 바짝 붙여 버려야 하는 것이다.

그만큼 내가 죽을 위험도 높아지지만, 그만큼 적의 목숨을 취할 가능성도 커진다.

‘싸움이란 저런 것이다.’

운도는 내 목숨을 아까워해서는 적의 목숨 또한 취할 수 없다는 걸 절실히 보고 느꼈다.

‘대체 얼마나 담이 커야 저렇게 무모할 수 있는 것일까?’

그런 생각과 함께 쾌도왕의 담대함이 더욱 큰 감동으로 가슴 깊이 박혀들었다.

“가자!”

작두를 집어든 쾌도왕이 턱짓으로 소나무 언덕을 가리켰다.

성큼성큼 걸어가는 그의 뒤를 따르면서 운도는 대체 어떻게 이 벌판을 빠져나가려는 걸까 하고 궁금해하지 않을 수 없었다.

이제 그들의 앞을 가로막는 자는 없었다.

후일 호사가들이 황피령(黃陂嶺)의 변(變)이라고 떠들어댈 일전이 그렇게 끝났다.

第十一章
탈출(脫出)

마룡의
후예

언덕 아래의 억새풀 숲에는 아직 남아 있는 회의무사 수십 명이 포진하고 있었다.

비록 자신들의 사령인 파풍광도 양가경이 죽었고, 흑건대주인 환영독수 당가량, 그리고 풍사오경 중 넷이 죽었지만 그들은 황피령을 떠날 수 없었다.

그들이 기다리는 건 시간이었다.

그리고 그 시간은 과연 그들의 편인 것 같았다.

희뿌옇게 새벽하늘이 밝아올 무렵이었다.

두두두두—

사방에서 은은한 진동과 함께 멀리서 뇌성이 치는 것 같은 소리가 들려오기 시작했다.

말발굽 소리였다.

아직 위진평과 그의 일백 친위대는 도착하지 않았다.

그들보다 먼저 황피령에서 가까운 곳에 포진하고 있던 두 무리의 무사들이 도착한 것이다.

남의와 백의를 입고 있는 이백 명이나 되는 풍사곡의 고수들이었다.

"늦다."

소나무 아래 앉아 운기조식을 하고 있던 쾌도왕이 그렇게 중얼거렸다.

벌떡 일어나는 그에게서는 다시 충만한 힘이 느껴졌다.

불과 두어 식경의 운기조식만으로도 그는 소진했던 기력의 상당 부분을 되찾은 것 같았다.

밝아오는 하늘을 바라본 쾌도왕이 낯을 찌푸렸다.

"너무 꾸물대는걸?"

"대체 누구를 기다리는 거야?"

"곧 알게 된다."

쾌도왕이 그보다는 당장의 일이 걱정된다는 얼굴로 운도를 물끄러미 바라보았다.

그는 지난밤부터 이 새벽까지 홀로 싸웠다.

운도는 제가 그를 위해 아무런 도움도 되지 못했다는 게 여전히 속상했다. 그래서 퉁명스러워진다.

"이제 어쩔 거야? 저렇게 많은 자들이 들끓고 있는데 혼자서 되겠어?"

"죽을 때가 되면 죽을 뿐이지."

"쳇, 그게 대답이야?"

"칼을 들고 강호에 나왔다면 제일 먼저 목숨에 대한 미련을 버려야 하는 거다. 언제 죽더라도 그때까지는 후회없이 살겠다는 게 무인이 지녀야 할 마음이지."

"……."

운도의 가슴 깊은 곳에 쾌도왕의 그 말이 한마디 한마디 파고들었다.

여태까지 들어왔던 그 어떤 말보다 더 짜릿하게 야성을 자극하고 감성을 자극했다.

'어떻게 된 건가? 내 핏속에는 나도 모르는 혈기가 흐르고 있었던 모양이다.'

운도는 저의 그러한 흥분에 대하여 깜짝 놀라고 당황했다.

사부 등 선생의 가르침은 온유함과 은근함이었다.

헤어질 때가 되어서야 비로소 〈무정무한(無情無限)〉이라는 말을 가르쳐 주었을 뿐이다.

그 밖에는 모든 가르침이 내 욕망을 억누르고 난폭한 살기(殺氣)를 눌러 참는 인내의 덕목에 대한 것이었다.

그래서 운도는 부드럽고 온화한 성품의 소년이 되었다.

그런데 쾌도왕의 말은 그러한 운도의 가슴속에 잠재되어 있던 욕망에 불씨를 당긴 것과 같았다.

운도는 사정없이 뛰는 가슴의 흥분 때문에 목이 뻣뻣해졌다.

'그렇다! 사나이로서 칼을 들고 강호에 나왔는데 어찌 안락한 삶을 동경할 것인가! 어찌 온유하고 부드러움으로 덕목을 삼을 것인가!'

운도가 주먹을 불끈 움켜쥐었다.

당장이라도 언덕 아래로 달려 내려가 한바탕 시원하게 싸움을 해야 가슴의 이 뜨거움이 해소될 것 같았던 것이다.

"기다려라."

쾌도왕이 그런 운도의 마음을 안다는 듯 빙긋 웃었다.

"지금 네가 할 수 있는 일은 기다리는 것이다. 때가 오기를 기다리고, 무공이 완성되기를 기다려야 한다. 그 일에 충실한 게 네 소임을 다하는 것이다."

"기다리라고? 무공이 완성되기를?"

때가 오기를 기다리라는 말은 어렴풋이 알 수 있을 것도 같았다.

그런데 무공이 완성되기를 기다리라는 말은 이해할 수 없었다.

'내가 무얼 배웠던가? 나에게 가르쳐 주는 사부가 있었던가?'

장왕 진사곤에게서 무형장법 네 초식을 배웠고, 쾌도왕에게서 쾌도의 비결을 배우기는 했다.

앞으로 부단히 수련하고 연마하면 나날이 높아질 것이다. 그러니 완성시켜 가는 것이지 그렇게 되기를 기다리는 것과는 거리가 멀다.

그렇다고 진사곤이나 쾌도왕을 사부로 여기지는 않았다. 그러니 그들이 더 높은 절기를 가르쳐 주기를 기다리는 것도 아니다.

무공이 완성되기를 기다리라는 말속에는 그것이 저절로 그렇게 될 것이라는 의미가 내포되어 있지 않은가.

'대체 뭘? 무엇이 그렇게 한단 말이지?'

어리둥절하지만 쾌도왕은 더 이상 말하지 않았다.

그 무렵 언덕 아래는 이제 이백여 기의 기마 무사들로 가득 차 있었다.

개미새끼 한 마리 빠져나갈 틈이 보이지 않는다.

그들은 그렇게 언덕을 겹겹이 에워싸고 있을 뿐 쳐 올라오려고 하지 않았다.

아마도 위진평을 기다리는 것이리라.

그러나 쾌도왕은 그가 도착하기를 기다릴 수 없었다.

위진평과 그의 수하들이 도착한다면 빠져나갈 가능성이 아예 사라져 버리고 말 것이다.

지금이라도 저들 복판을 뚫고 나아가야 한다.

하지만 운도가 마음에 걸려서 그럴 수도 없었다.

제 몸 하나라면 죽든 살든 통쾌하게 저들 속으로 쳐들어가겠지만 운도를 보살펴야 하니 그렇게 할 수 없다.

"쩝—"

쾌도왕이 쓴 입맛을 다셨다.

이러지도 저러지도 못하고 있는 저 형편이 영 마뜩치 않았다.

"늦다, 늦어. 대체 뭘 이리 꾸물거리는 거지? 날이 훤히 밝은 다음에 올 작정인가? 그때까지 내가 살아 있으리라고 자신하는 건가? 제기랄."

그의 투덜거림을 들은 운도가 또 한 번 물었다.

"대체 누구를 기다리는 거야? 천군만마라도 오기로 약속되어 있어? 우리를 구하기 위해서?"

"조금만 더 기다려 보면 알 것이다."

여전히 그 말뿐이었다.

도대체 무엇 하나 속 시원하게 가르쳐 주는 일이 없다.

운도가 볼을 잔뜩 부풀렸다.

쾌도왕을 외면하고 희끄무레하게 밝아오는 황피령 너머의 새벽하늘을 바라보던 운도가 '엇?' 하고 놀란 소리를 냈다.

"저게 뭐지?"

"응?"

운도의 말에 후딱 그곳을 바라본 쾌도왕도 눈을 휘둥그레 떴다.

황피령 너머의 하늘에 무엇인가 둥실 떠 있었다.

구름 조각 하나가 떨어져 나온 것도 같았다.

그것이 새벽빛을 받아 반짝이며 둥실둥실 떠오고 있었다.

"저게 뭐냐?"

쾌도왕도 고개를 갸웃거렸다. 저와 같은 건 처음 보는 모양이다.

두두두두—

그때 황피령 서쪽 사면을 타고 요란한 말발굽 소리들이 들려오기 시작했다.

드디어 위진평과 그의 일백 친위대가 도착한 것이다.

"으음—"

쾌도왕이 잔뜩 눈살을 찌푸렸다.

위진평이 도착하면 바로 싸움이 시작될 것임을 알았기 때문이다.

그때는 누구도 이곳을 빠져나갈 수 없을 것이다.

'더 기다리지 말고 무리해서라도 뚫고 나갈 걸 그랬나 보다.'

한순간 그런 후회의 마음이 들었다.

오기로 한 자가 아직까지 소식이 없으니 위진평 무리에게 시간만 준 셈이 되었지 않았는가.

이제는 뚫고 나가려 해도 늦고 말았다.

"할 수 없지."

쾌도왕이 작두를 들었다.

"우리는 여기서 죽을 것이다. 아니, 어쩌면 너는 살 수 있을지도 모르지. 그들은 너를 사로잡아 가려고 할 테니까."

"그럼 쾌도왕은?"

"흐흐, 여기서 죽는다고 해도 원통하지 않다. 통쾌하게 싸우다가 죽을 테니까."

"안 돼!"

운도가 바락 악을 쓰고 쾌도왕의 허리를 꽉 붙들었다.

그가 당장이라도 작두를 휘두르며 언덕 아래로 달려 내려갈 것만 같았던 것이다.

"죽으면 안 돼!"

"상관없어. 내가 할 일이 여기까지라면 나는 최선을 다한 셈이다."

그렇지 않느냐는 얼굴로 운도를 바라본다.

운도는 그가 최선 그 이상을 해냈다는 걸 잘 알고 있었다. 그래서 마구 고개를 끄덕였다.

쾌도왕이 환하게 웃었다.

"그럼 되었지 무슨 미련을 갖겠느냐? 다만……."

무언가 할 말이 있는 듯했지만 쾌도왕은 끝내 속 시원하게 말하지 않았다.

운도의 머리를 쓰다듬으며 쓸쓸하게 웃었을 뿐이다.

"나를 잊지 다라, 네가 어디에서 무엇을 하든. 그러면 된다."

"잊지 말라고? 내가 어떻게 쾌도왕을 잊을 수 있겠어? 그런 말을 왜 해?"

"그리고 황피령에서의 일을 잊지 마라."

"절대로 잊을 수 없을 거야."

"됐다. 난관에 직면해 고통스러울 때마다 그게 너의 힘이 되어줄 것이다."

쾌도왕은 마치 앞일을 내다보고 있는 것 같았다.

운도가 무엇을 하게 될지, 어떻게 되어갈지 훤히 보고 있으면서 말하지 못하는 것 같다.

그러는 동안 위진평과 그의 친위대가 언덕 아래에 도착했다.

"저게 뭐지? 붕새도 아니고 구름도 아니고……."

운도의 소년다운 호기심은 언덕 아래의 상황보다 억새 벌판 위의 회색 하늘을 건너오고 있는 둥근 물체에 가 있었다.

점점 가까워지고 있었는데, 멀리서 볼 때는 느릿느릿 다가오는 것 같았으나 실제로는 바람을 타고 빠르게 가까워지고 있었다.

"그게 뭐든 신경 쓸 것 없어."

지금은 그럴 때가 아니라는 듯 쾌도왕이 잔뜩 굳어진 얼굴로 말했다.

아직까지 언덕 아래에 있는 자들은 하늘에 떠 있는 그 물체를 발견하지 못하고 있었다.

오직 언덕 위 소나무 아래 우뚝 서 있는 쾌도왕을 보고 그 곁의 운도를 바라볼 뿐이다.

위진평이 말에서 내리는 게 뚜렷하게 보였다. 날이 훤하게 밝아오고 있었던 것이다.

"내려와라!"

위진평을 호위하고 있던 참마혈도 엄문탁이 언덕 위를 가리키며 근엄한 음성으로 말했다.

"투항한다면 곡주님께서 자비를 비푸시어 황피령에서의 참

살에 대하여 묻지 않을뿐더러 목숨을 보장해 주겠다고 하신
다. 그렇지 않으면……."

"개소리!"

아직 엄문탁의 말이 끝나지 않았는데 쾌도왕이 버럭 소리쳤
다.

"네가 참마혈도 엄문탁이지? 홍, 너 따위가 감히 나에게 이
래라저래라 할 수 있단 말이냐?"

"무엇이?"

그 말에 참마혈도 엄문탁이 분노로 온몸을 부들부들 떨었
다.

그는 풍사곡 제일의 고수로 꼽히는 자이지만 쾌도왕은 그를
상대하려고 하지 않았다.

작두를 들어 뒷짐을 지고 오연하게 서 있는 위진평을 가리
킬 뿐이다.

"위진평! 네가 사내이고 십천의 천주 중 한 명이며 배알이
있는 자라면 이리 올라와라! 나와 일백 초만 겨루어보자!"

말을 마치고 껄껄 웃는 것이 기세가 등등했다.

위진평이 얼굴을 찌푸리는 게 선명하게 보였다.

그러는 동안에도 운도는 머리 위에까지 다가와 있는 그 이
상한 물체를 바라보고 있었다.

그것은 머리 위 십여 장 되는 곳에 소리없이 떠 있었는데,
그제야 언덕 아래의 무리도 그 물체를 보았다.

소나무 언덕을 바라보고 있었으므로 비로소 눈에 띈 것이다.

그건 그 물체가 아무런 소리도 없이 다가왔고, 더구나 새처럼 하늘을 날아온 탓이기도 하다.

누구도 그렇게 다가오는 물체가 있으리라고는 꿈에서도 생각하지 못했으리라.

"엇?"

"아니, 저게 뭐야?"

"어디에서 나타난 거냐?"

다들 생전 처음 보는 신기한 물체를 가리키며 웅성거렸다.

위진평도 그것을 보았다. 어리둥절해하는 모습이 완연하다.

그것은 바람을 불어 넣은 것처럼 둥근 물체에 커다란 대나무 바구니를 매단 것이었다.

그것이 어떻게 하늘을 날 수 있는 건지 알 수가 없다.

"엇?"

쾌도왕도 그제야 머리 위를 바라보고 놀란 외침을 터뜨렸다.

언덕 아래에 있는 자들이 더 큰 소리로 떠들어대기 시작했다.

"사람이 타고 있다!"

"어떻게 저럴 수가 있지?"

둥근 물체에 매달려 있는 대나무 바구니에 사람이 타고 있다는 게 더욱 신기하게만 여겨졌던 것이다.

다들 그것을 가리키며 웅성거리느라고 엄숙하던 진영이 혼란스러워졌다.

"저놈……!"

유심히 그것을 바라보던 쾌도왕이 잔뜩 낯을 찌푸렸다.

놀라기도 했고, 의아하기도 했으며, 반갑기도 해서 어떻게 표현해야 할지 알 수 없어하는 그런 얼굴이었다.

대나무 바구니 안에 타고 있는 사람들 중 한 명을 알아본 것이다.

머리 위 십여 장 위에 떠 있는 기구의 대나무 바구니 안에서 한 사람이 포권하고 웃으며 말했다.

"하하하— 위 곡주, 그간 평안하셨소? 오랜만에 강호에 나왔으니 감회가 새롭겠구려?"

위진평은 제가 헛것을 보고 있거나 꿈을 꾸고 있는 것이라고 생각했다.

누구나 그럴 만했다.

이건 보지도 듣지도 못했던 기이한 일이었던 것이다.

"황 대인이다!"

그 사람을 본 운도가 펄쩍 뛰며 기뻐했다.

송번에서부터 풍사곡 어귀 광문산까지 자신을 데려다 준 바로 그 황 대인이었던 것이다.

그가 대체 무슨 재주를 부려서 저렇게 하늘을 날아온 건지 기쁘기도 하고 신기하기도 했다.

쾌도왕의 손을 마구 흔들며 기쁨에 들떠서 소리쳤다.

"이제 보니 황 대인을 기다리고 있었던 거였구나! 왜 진작 말하지 않았어?"

쾌도왕은 대꾸하지 않았고, 대나무 바구니 안에서 황 대인이 줄 한 가닥을 내려뜨렸다.

"어서 올라와라. 시간이 별로 많지 않다."

줄을 흔들며 재촉하는 그의 말에 운도가 그것을 잡고 날랜 원숭이처럼 매달려 올라갔다.

그때까지 멍하게 바라보고 있던 자들 중에서 위진평이 정신을 차리고 소리쳤다.

"잡아라!"

몸을 날려 언덕을 향해 질주해 가자 참마혈도 엄문탁이 뒤를 따랐다.

"와아—"

비로소 정신을 차린 자들이 일제히 함성을 지르며 소나무 언덕 위로 미친 듯이 달려오기 시작했다.

그때는 이미 운도가 대바구니 속으로 들어갔고, 쾌도왕도 줄을 타고 빠르게 올라가고 있었다.

대바구니 위에 있던 두 명의 사내 중 한 명이 강궁을 겨누었다.

휙—

한 대의 화살이 가장 앞서 언덕 위로 달려 올라오고 있는 위진평의 가슴을 노리고 날아갔다.

위진평이 그것을 쳐내자 또 한 대의 화살이 이번에는 미간을 노리고 날아들었다.

사내의 궁술은 놀랍도록 빠른 속사였다. 게다가 정확하다.

명궁이 틀림없었다.

다른 한 사내는 대나무 바구니 안에 싣고 있던 모래주머니를 열심히 바깥으로 떨어뜨리고 있었다.

운도와 쾌도왕의 무게를 감안하여 모래주머니를 덜어내 기구를 가볍게 하는 것이다.

기구가 더 높이 올라가기 시작했다.

위진평 등이 계속해서 퍼부어지는 강전을 쳐내며 소나무 언덕 위에 올라섰을 때 기구는 머리 위 이십여 장 높이까지 상승하여 바람을 타고 유유히 멀어지고 있었다.

위진평은 닭 쫓던 개의 꼴이 어떤 건지 절감할 수밖에 없었다.

멀어지는 기구를 바라보며 발을 구르지만 이미 손을 써볼 수도 없는 상황이 되고 만 데에는 허탈해지기만 했다.

"이게 대체 뭐라는 물건이냐?"

쾌도왕이 신기하다는 눈으로 두리번거렸다.

운도 역시 마찬가지다.

잠시 황준보, 황 대인과 재회의 기쁨을 나누었을 뿐, 소년의 호기심은 처음 보는 이 신기한 물건에서 떠나지 않았다.

"열기구라는 것이다. 서역의 상인을 통해 거금을 주고 구입해 두고 있었지. 언젠가는 요긴하게 써먹을 것이라고 여기고 있었는데, 어떠냐? 정말 요긴하게 쓰이지 않느냐?"

"열기구?"

바구니 위쪽에 작은 화덕이 매달려 있었는데, 사내가 풀무
질을 할 때마다 새파란 불꽃이 맹렬하게 의로 뻗쳐 올라갔
다.

"대체 이게 어떻게 날 수 있는 거지?"

쾌도왕은 아직도 그게 궁금했다.

"저 불길이 공기를 뜨겁게 해주는 거지. 그러면 위로 상승한
공기가 바람이 새지 않도록 도료를 덧입힌 비단 주머니를 잔
뜩 부풀리게 되고, 그 부력으로 이처럼 하늘을 날 수 있는 거
다."

알 것도 같고 모를 것도 같다.

"젠장, 어쨌든 이 빌어먹을 곳을 벗어날 수 있으면 되었지
내가 알게 뭐냐?"

쾌도왕이 바구니에 등을 기대고 주저앉았다.

운도는 바구니 밖으로 까마득하게 내려다보이는 세상을 바
라보느라 정신이 없었다.

어질어질하면서도 새로워 보이는 세상의 모습에서 눈을 뗄
수가 없다.

새가 되어 하늘을 날며 세상을 내려다본다면 바로 이와 같
을 것이라는 생각에 더욱 신이 나 있었다.

황피령 아래의 억새 벌판이 집 마당만 하게 보이고, 거기 서
있는 수백 명의 사람들이 개미들처럼 보였다.

그리고 얼마 지나지 않아 영영 시아에서 사라져 버렸다.

차갑고 축축한 구름이 밀려들어 눈앞을 온통 가리는 것이

산을 넘고 있는 모양이었다.

"잘됐어요."

운도가 비로소 쾌도왕 곁에 주저앉으며 그렇게 말했다.

"그렇지. 잘됐지."

황 대인도 운도 곁에 앉으며 맞장구쳤다.

쾌도왕이 그를 흘겨보았다.

"한바탕 신나게 싸울 참이었는데 영 싱겁게 되고 말지 않았느냐."

"하하, 이 미련한 친구야. 어제 밤새도록 싸우고 또 싸웠을 텐데 지겹지도 않더란 말이냐?"

"나는 싸우는 재미로 산다."

"쯧쯧, 단 공자 생각도 해야지. 그가 얼마나 마음고생을 했겠느냐? 게다가 그 벌판에서 위진평을 상대로 싸웠더라면 모두 죽고 말았을 것이다. 그래서야 되겠느냐? 저승에 가서 선대 종사들을 만나면 뭐라고 변명을 할 수 있겠어?"

"으음—"

그 말에는 쾌도왕도 더 이상 대꾸하지 못했다.

위험했다는 걸 누구보다 잘 아는 것이다.

이처럼 철저하게 준비해 두었고, 이처럼 뜻밖의 행동으로 난국을 엉뚱하게 타개한 황준보에 대한 믿음이 더 커졌다.

"잘됐다. 이대로 그냥 화염산까지 가자. 편하고 좋구먼."

쾌도왕이 기지개를 켜며 말하자 황 대인이 빙긋 웃었다.

쾌도왕의 말에 대꾸하는 대신 열심히 풀무질을 해대고 있는 수하에게 묻는다.

"흑유가 얼마나 남아 있느냐?"

"반 시진 정도 사용할 수 있을 것입니다."

"그래도 꽤 버텨주는구나."

그만하면 족하다는 듯 고개를 끄덕인 황 대인이 그제야 쾌도왕에게 말했다.

"너도 들었지? 앞으로 반 시진밖에는 날지 못한다. 돼지 같은 너를 태워야 할 걸 생각해서 흑유를 많이 싣지 못했어. 저기 보이는 저 산 능선쯤에 내려야 하겠군. 저게 아마 북화산 북면이지?"

형산(衡山) 서른여섯 봉우리 중 북쪽에 있는 고봉(高峰)이다.

그쯤이면 위진평의 무리로부터 완전히 멀어졌으니 안심해도 될 것이다.

"그러나……."

쾌도왕이 고개를 가로저었다.

"그걸로 끝나는 게 아닐 테지."

그 말에 황 대인의 얼굴도 어두워졌다.

"우리의 정체가 이제 만천하에 드러났으니 어디로 가든 안심할 수가 없겠지."

황 대인이 운도의 손을 잡고 다시 말했다

"문제는 단 공자의 안위 아니겠는가? 우리야 뭐, 어떻게 되어도 좋아."

그들의 말에 귀 기울이고 있던 운도가 궁금히 여기던 것을 물었다.

"대체 제가 두 분과 무슨 상관이 있기에 그러시는 거지요? 아니, 제가 홍안적성과 대체 무슨 상관이 있단 말입니까? 어째서 두 분께서 저를 위해 목숨까지 걸어야 한다는 건지 저는 도무지 이해할 수가 없습니다."

"운명이라고 생각하게."

"예?"

"누구나 타고날 때부터 운명이라는 것의 굴레에 얽매이게 되지. 내 뜻과 의지와는 상관없이 그것이 우리를 이끌어가는 거야."

"나는 그런 걸 믿지 않습니다. 내 뜻과 의지대로 할 수 없다면 사람과 꼭두각시가 다를 게 뭐가 있겠습니까?"

"그런 게 아니라네. 운명이라는 건 더 크고 깊고 오묘한 섭리이지. 단 공자는 스스로 태어나고 싶어서 이 험한 세상에 태어났는가?"

"그건……."

"단 공자의 운명이 그렇게 밀어낸 것이지. 그러니 날 때부터 운명의 손에 붙들린 것인데 죽을 때까지 그렇지 않겠는가?"

"좋습니다. 그럼 대체 내 운명이 어떤 것이기에 이와 같은 일들이 생기는 거지요?"

"그건 모르네. 하지만 내가 한 가지 확실히 말해줄 수 있는 건 있지."

"그 말을 듣고 싶습니다."

"단 공자는 장차 마교로 불리는 우리 홍안적성을 이끌어 광명한 세상으로 나가게 해야 할 짐을 지고 태어났다는 것일세. 우리 모두 그걸 갈망하기 때문에 장왕이 스스로 죽음을 택했고, 쾌도왕이 밤새 목숨을 걸고 싸웠으며, 내가 이처럼 하늘을 날고 있는 거라네. 그 외에도 많은 사람들이 단 공자를 위해 목숨을 내놓을 준비를 하고 있지. 그게 다 단 공자가 타고난 운명 때문이니 그렇게만 알게."

"하—"

운도는 황 대인의 말을 들을수록 더욱 답답하기만 했다.

태어날 때부터 이미 그렇게 될 수밖에 없도록 정해졌다니 그렇다.

대체 세상에 그런 운명을 지고 태어나는 사람이 누가 있단 말인가 하는 불만이 컸다.

하지만 아무리 그것에 대해 말해봐야 이들 두 사람에게는 소용이 없다는 걸 알았으니 입을 다물고 있을 수밖에 없다.

그러는 동안 열기구는 점점 가라앉고 있었다.

매달려 있는 풀무의 불길이 약해져 가고 있었던 것이다.

드디어 그것이 차갑고 축축한 땅에 닿았다.

황 대인이 예측한 대로 형산 북통인 북화산 북면 정상에 내려앉은 것이다.

"태워 버려라."

황 대인의 말에 두 명의 수하가 즉시 열기구에 불을 붙였다.

그것이 활활 타오르는 걸 바라보고 있던 황 대인이 쓴 입맛을 다셨다.

"아깝구나, 정말 아까워. 고작 한 번 쓰고 저렇게 태워 버려야 한다니……."

운도는 그가 상인인지라 그것에 들인 돈을 아까워한다고 생각했다.

그러나 황 대인의 생각은 그것보다 원대했다.

그가 이제는 잿더미로 변해가는 기구를 가리키며 다시 말했다.

"저것을 구입하기 위해 쓴 돈을 민간에 풀었더라면 지난봄 홍수로 인해 생긴 황하변의 난민을 수만 명은 구제할 수 있었을 것이다."

쾌도왕이 눈을 휘둥그레 떴다.

"아니, 그렇게 많은 돈이 들어갔단 말이냐?"

"서역에서도 흔히 볼 수 있는 물건이 아닌데다가 아무도 모르게 운반해 와야 했으니 그동안 들어간 돈이 얼마이겠느냐? 네 그 단순 무식한 머리로는 상상도 할 수 없을 것이다."

"썩을 놈."

눈을 흘긴 쾌도왕이 시원스럽게 돌아섰다.

운도의 손을 꾹 잡는다.

"이제 나는 간다. 살아 있으면 언젠가는 다시 만나게 되겠지. 그때는 네가 나를 위해 밤새 싸워주었으면 좋겠다. 우허허허—"

"같이 가는 게 아니었어?"

운도가 깜짝 놀라자 쾌도왕이 그의 머리를 쓰다듬으며 말했
는데, 쓸쓸한 기색이 묻어나는 말투였다.

"각자에게는 할 일이 정해져 있지. 이제 내 일이 끝났으니
다른 일을 해야 할 것 아니겠느냐?"

"뭘?"

"잊었느냐? 장왕께서 돌아가셨다는 걸. 나는 이제부터 그분
이 하던 일을 이어받아야 한다."

"약초나 캐러 다니겠단 말이야?"

"우허허허─ 이 몰골을 해가지고 그건 어울리지 않겠지. 사
냥꾼 노릇을 하는 게 낫지 않겠느냐?"

운도의 눈매가 실쭉해진다.

쾌도왕이 개의치 않고 말했다.

"사냥꾼이라면 온 천하의 산과 골짜기를 헤매고 다녀도 누
가 수상하게 여기지 않겠지. 그렇지 않으냐?"

"그렇군."

운도가 고개를 끄덕였다.

"장왕은 산속을 헤매며 무엇인가를 찾고 있는 것이었어. 약
초꾼이라는 건 세상 사람들의 눈을 속이기 위한 핑계였지."

"그렇다."

쾌도왕이 큰 소리로 대꾸했다.

"지난 십오 년 동안 장왕께서는 온 천하의 산이란 산은 모두
다녀보았을 것이다. 하지만 원하는 걸 얻지 못했으니 이제 내
가 그걸 찾을 수밖에."

“대체 그게 뭔데 그래?”

운도는 서운하기만 했다. 이렇게 쾌도왕과 헤어져야 한다는 게 두렵기도 하다.

쾌도왕이 다정한 눈길로 그런 운도를 쓰다듬어 주듯이 바라보았다.

“나머지 일들은 저 구두쇠 놈이 해결해 줄 것이다. 너는 그를 믿고 따라가기만 하면 돼.”

운도의 손을 이끌어 황준보의 손에 넘겨준 쾌도왕이 무정하게 돌아섰다.

허청허청 산을 내려가 보이지 않게 될 때까지 한 번도 뒤돌아보지 않았다.

운도는 멍하니 그의 뒷모습을 바라보고만 있었다.

그러는 중에 기어이 두 줄기 눈물이 볼을 타고 주르륵 흘러내렸다.

第十二章
흑풍격(黑風客) 장하룡(張河嶺)

마룡의 후예

─마교의 무리가 다시 강호에 출몰했다.

그 말의 위력은 사람들의 상상을 초월했다
황피령의 싸움이 있은 지 불과 사흘이 지났을 뿐인데 강호 곳곳마다 그 소식을 듣지 못한 자가 없을 지경이었던 것이다.
사람들은 과장을 섞어서, '하늘을 나는 새들 중 절반은 전서구와 전서응이다' 라는 말을 아무렇지도 않게 했다.
그만큼 각 문파와 방회, 은거해 있던 백도의 고인 명숙들에 이르기까지 마교 출몰의 소식을 서로 전하고 받느라고 분주했던 것이다.
전서구나 전서응에 의해 전해진 소식은 광동에서 하북까지 이틀이면 충분히 도착했고, 그 즉시 입에서 입으로 퍼져 나갔다.

그 소문의 가장 큰 피해자는 풍사곡주인 검진삼협 위진평이었다.

—마교의 십대천마 중 한 명인 쾌도왕에 의해 풍사곡의 정예 절반이 박살 났다더라. 황피령 아래의 억새밭이 온통 피바다였다는군.

—위 곡주가 손수 친위대를 이끌고 달려갔지만 쾌도왕을 잡기는커녕 오히려 그자의 칼에 크게 놀랐다던데?

—그렇다면 마교의 십대천마가 백도의 십천보다 고수란 말이냐?

—그럴지도 모르지. 위 곡주가 눈앞에서 쾌도왕을 놓친 걸 보면 정말 그럴지도 몰라.

소문은 어느덧 그렇게 부풀려지고, 없던 일도 있던 것처럼 되어 급속히 퍼져 나갔다.

*   *   *

"운도가 무사하다니 다행이야."
위서향의 얼굴에 기쁨이 어렸다.
"하지만……."

아버지가 당하고 있는 곤경을 생각하면 마음이 어두워졌다.

풍사곡으로 돌아온 위진평은 거기에 대해서 한마디도 하지 않았다.

서재에 칩거해 지난 사흘 동안 꼼짝도 하지 않고 있을 뿐이다.

그가 아무 말도 하지 않고 있었으나 그의 심정이 어떠할지는 누구나 충분히 짐작할 수 있었다. 그래서 다들 더욱 숨을 죽이고 조심했다.

풍사곡은 다시 예전의 사람들이 모두 돌아와 있었다.

풍사오령과 그들의 주인이자 풍사곡의 두 번째 고수인 환영독수 당가량이 죽었지만 그 사실을 아는 사람은 극소수에 불과했다.

위서향은 물론 풍사곡에 와 있는 십천의 후예들은 허탈해지고 말았다.

자신들과 함께 생활했던 단운도가 마교와 관계되어 있었다는 사실이 더욱 그들을 망연자실하게 했던 것이다.

그러니 연무가 제대로 될 리 없었다.

그날도 위진평으로부터 가르침받은 척사검법을 수련하는 둥 마는 둥 한 백풍산과 하군악은 멍하니 북무관의 돌계단에 앉아 있기만 했다.

위서향은 아예 북무관에 나오지도 않았고, 청향 비구니 또한 그랬다.

단운도에 대한 말을 들은 뒤부터 그녀는 북무관 대신 위서향의 거처인 화정각에서 살다시피 했다.

고집을 부려서 잠도 그녀와 함께 자는 것은 물론, 어디를 가든지 꽁무니를 졸졸 따라다녔다.

위서향에게는 그런 청향 비구니가 측은하면서 한편으로는 귀찮기도 했지만 내색할 수 없었다.

"위 언니."

"왜?"

"무슨 생각해?"

"아무것도."

"난 알아."

"네가 뭘 안다고 그러니?"

"그 못된 녀석을 생각하는 거지?"

"……."

위서향은 대답할 수 없었다. 청향의 얼굴에 슬픔이 가득해진 것을 보았기 때문에 더욱 그렇다.

"그 멍청이는 죽게 될 거야. 그렇지?"

"그거야……."

"아이참."

청향이 발딱 일어나더니 발을 동동 굴렀다.

"왜 하필 마교란 말이야? 어떻게 그런 녀석이 십천의 후예가 되었고, 어떻게 십천지주가 되기 위한 수련에 참가할 수 있었담? 다들 바보 아니야?"

"청향아!"

위서향이 매섭게 꾸짖자 청향 비구니가 급히 제 입을 틀어막았다.

하지만 위서향의 마음속 생각도 그녀의 생각과 크게 다르지 않았다.

'화산의 이 진인께서 설마 운도가 마교와 관련이 있는 아이라는 걸 모르고 제자로 삼으셨을까? 그렇다면 그는 정말 바보라는 욕을 먹어도 되는 것 아닐까?'

화산의 무량자(無量子) 이릉운(李凌雲).

십천의 천주 중 한 사람이면서 화산파가 배출한 불세출의 검선이라고 칭해지는 사람.

백도의 열 하늘 중 하나인 사람이 설마 그런 멍청한 짓을 했으리라고는 믿기 힘들었다.

'하지만 아버님이 단운도가 마교와 관련이 있는 아이라는 걸 모르고 계셨던 것처럼 무량자도 모르셨을 수 있지.'

그런 추측은 또 하나의 무서운 생각을 불러일으켰다.

'그럼 설마 마교에서 치밀하게 계획한 일이었단 말인가? 자신들의 후예로 십천지주를 만들어내기 위해서?

제 생각에 깜짝 놀란 위서향이 '아' 하고 놀란 외침을 터뜨렸다.

"왜 그래, 언니?"

청향이 의아하게 바라보았다.

위서향의 안색은 창백해져 있었다.

"설마, 설마…… 아니야. 그럴 리가 없을 거야. 그런 건 말도 안 되는 일이야."

"뭐가? 뭐가 말도 안 된다는 거야?"

"너는 신경 쓸 것 없어. 여기서 잠깐 기다리고 있어라. 나는 아버님을 뵙고 와야겠구나."

허둥지둥하며 화정각을 나가는 위서향을 물끄러미 바라보던 청향이 한숨을 내쉬었다.

"역시 위 언니는 그 멍청이 생각 때문에 제정신이 아닌 게 틀림없어. 에휴— 이래서 세상은 고해의 바다라고 하는 건가 보다. 나는 아미산으로 돌아가야 할까 봐. 십천지주고 뭐고 다 귀찮아졌는걸, 뭐."

고개를 갸웃거리던 청향이 다시 한숨을 내쉬었다.

"에휴— 하지만 그랬다가는 사부님에게 맞아 죽고 말 거야. 아니면 평생 참회동에 갇혀서 나오지 못하고 늙어 죽을지도 모르지. 그러니 그건 안 되겠구나. 에휴—"

사부인 적운 사태(積雲師太)의 근엄한 얼굴이 하나 가득 떠올랐다.

사부라면 능히 그렇게 할 것이라고 생각하자 끔찍해졌다.

백도십천 중 유일한 여자이기도 한 적운 사태는 대꼬챙이 같은 성격에 타협을 모르는 고지식한 노비구니였다.

제가 아무리 사부의 총애를 받는 제자이면서 후계자로 일찍 지명된 몸이라고 해도 예외란 없을 것이다.

"돌아갈 수도 없으니 할 수 없지, 뭐. 가는 데까지 가볼 수밖에."

입술을 잘근잘근 깨물던 청향 비구니가 고개를 갸웃거렸다.

"가만, 그런데 정말 내가 십천지주가 되면 그건 신나는 일 아닌가?"

그러더니 금방 울상이 된다.

"아니다. 그렇게 되면 언젠가는 단운도 그 멍청이를 내 손으로 죽여야 하는 일이 생길지도 모르겠구나. 내가 그렇게 할 수 있을까?"

고개를 푹 숙이고 한동안 생각하더니 그만 눈물이 글썽해져서 중얼거렸다.

"단운도야, 단운도야, 불쌍한 녀석 같으니. 너는 장차 내 손에 죽을 수밖에 없는 처지가 되겠구나. 어쩔 수 없는 일이니 그냥 네 운명이라고 여기고 목을 길게 늘이렴."

제 생각에 금방 빠져서 제가 곧 십천지주가 되기라도 할 것처럼 믿어버리는 청향이었다.

이제 열네 살에 불과한 어린 소녀의 감수성인지도 모른다. 아니면 상상력이 누구보다 풍부하고, 자기 최면에 곧 빠져버릴 만큼 자기애가 강한 것이리라.

'누가?'

위서향이 걸음을 멈추었다.

아버지의 거처인 풍정향거(楓情鄕居)에 다른 사람의 기척이 있었던 것이다.

귀를 기울이니 두런두런 이야기하는 소리도 들려왔다.

곡 중의 제자이거나, 참마혈도 엄 숙부가 아버지의 호출을 받고 왔는지도 모른다고 생각하는데, 안에서 껄껄 웃는 웃음소리가 들렸다.

낯선 사람의 소리였다.

풍사곡에 외인이 찾아온 건 극히 드문 일이라 위서향이 더욱 귀를 곤두세우는데 안에서 위진평의 음성이 들려왔다.

"서향이냐? 왔으면 들어오지 않고 무엇 하고 있는 게냐?"

"예, 아버님."

위서향이 조심스럽게 다가가 향거 안으로 들자 과연 탁자 앞에 낯선 사람 한 명이 앉아 있었다.

그녀를 돌아보는데 흑의 장포를 입고 있는 냉엄한 표정의 사람이었다.

아버지보다 몇 살 아래인 것 같은, 오십대 중반쯤 되어 보였다.

그러나 차갑고 무뚝뚝한 분위기는 오히려 아버지보다 더 냉정해 보이는 사람이었다.

하지만 이미 아버지의 무표정한 얼굴에 익숙해져 있는 위서향에게는 특별할 것도 없다.

그녀가 고개 숙여 인사하자 흑의인이 턱을 끄덕이는 걸로 인사를 받았다.

"위 형에게 이와 같이 장성한 딸이 있으니 말년이 복되겠구려."

"별말씀을. 나는 때로 그대의 처지가 부럽다오."

위서향이 놀란 얼굴을 하고 흑의인을 바라보았다.

'누굴까? 누구이기에 아버지가 하대를 하지 못하는 것일까?'

아버지가 그를 공경하는 듯 말하니 어리등절해질 수밖에 없다.

위진평이 그런 위서향에게 말했다.

"흑풍객 장 숙부이시다."

"아!"

위서향이 크게 놀라 얼른 허리를 깊숙이 숙이고 다시 인사를 했다.

궁신의 예를 취하는 어깨가 가늘게 떨렸다.

그는 바로 십천의 천주 중 한 사람이었던 것이다.

흑풍객(黑風客) 장하륜(張河崙).

십천의 다른 천주들보다 위서향은 그 장하륜이라는 사람에 대한 인상이 깊었다.

한 번도 보지 못했지만 어렸을 때부터 아버지에게서 들었기 때문이다.

그는 자유롭게 천하를 떠도는 뜬구름 같은 사람이라고 하지 않았던가.

제자를 두지도 않았고, 세력을 만들어 갖지도 않았다.

처음부터 지금까지 오직 홀로 강호를 떠돌았는데, 물이 흐르듯이 그렇게 흘러가며 사는 사람이라고 했다.

하지만 그의 무공은 높고 깊으며 복잡해서 천하의 그 누구

도 따라가지 못할 독특한 경지를 이루었다는 말도 빠뜨리지
않았다.

십팔반병기에 두루 능통했는데, 그 하나하나를 극성에 이르
도록 수련했음은 물론 권각의 수법에 있어서도 일가를 이루었
으니 과연 특이한 사람이었다.

사람이 어떻게 그처럼 수많은 서로 다른 절기들을 한 몸에
지닐 수 있단 말인가.

그것도 모두 일가를 이루었다고 할 만큼 독특했으니, 그런
그가 십천의 천주 중 한 명으로 꼽히는 게 지극히 당연한 일일
것이다.

게다가 성품이 괴팍해서 어디에 얽매이는 걸 참지 못하고,
때로는 제 기분대로 행동해서 세상의 규범이나 강호의 규칙마
저 무시했으므로 미움도 많이 받는다고 했다.

위서향은 열 살 무렵에 그런 흑풍객 장하륜에 대한 이야기
를 들었다.

그녀는 어린 소녀의 감성으로 단번에 그런 장하륜이라는 사
람의 특이함에 흠뻑 빠졌었다.

제 스스로 '그는 이렇게 생겼을 거야' 하고 상상도 해보았
으며, 그가 적과 싸우는 모습을 그려보기도 했다.

온갖 병장기를 능통하게 다룬다니 그가 싸우는 광경은 정말
재미있을 것이라고 생각하며 혼자서 방긋방긋 웃지 않았던가.

그런 이유로 위서향은 제멋대로 장하륜이 멋지고 잘생긴 풍
류공자 같은 모습일 것이라고 여기고 있었다.

그런데 이렇게 눈앞에서 보자 오십 중반의 나이에 차갑고 무뚝뚝한 사람이라는 데에 적잖이 실망도 하게 된다.

그러나 어찌 십천의 천주 앞에서 그런 내색을 할 수 있을 것인가.

위서향이 최대한 공경하는 모습으로 아버지 곁에 다소곳이 섰다.

흑풍객 장하륜은 그런 위서향이 마음에 드는 모양이었다.

차가운 시선으로 그녀를 찬찬히 훑어보더니 고개를 끄덕이며 찬사의 말을 했다.

"위 형께서는 과연 복이 많으신 분이외다. 여식의 근골이 이처럼 뛰어나고 미모가 황홀한데다가 위 형을 닮아 그 자질 또한 특출할 터. 이 아이를 보고 나니 내가 여태 혼자 살아온 것이 후회되는구려."

"과한 말씀. 감당할 수 없소이다. 하하하—"

위진평이 포권한 손을 절레절레 흔들며 너털웃음을 터뜨렸다.

장하륜이 누구를 이토록 칭찬하는 걸 본 적이 없었던 것이다.

그는 차가운 심성 못지않게 독설가로 유명하기도 했다.

그런 그가 위서향에 대해서 입에 침이 마르도록 칭찬해 주니 가슴이 벅차도록 흐뭇해진다.

위서향으로서도 그건 얼굴이 붉어질 만큼 부끄러운 말이었다.

그녀가 목덜미까지 빨갛게 달아올라 고개를 푹 숙였다.

장하륜이 다시 말했다.

"영애가 이토록 장성했으니 이제는 강호의 경험을 쌓게 해줄 때도 되지 않았소이까?"

"그렇게 해주고 싶지만 아직 마음이 놓이지 않는구려."

"위 형의 진전을 십분 이어받았을 터. 강호에 이만한 여협이 또 어디 있겠소? 몇 년만 경험을 쌓는다면 십천의 후예 중 단연 두각을 나타낼 것이오."

"장 형도 잘 알 듯이 십천지약이 있지 않소이까? 그 일 때문에 그렇게 할 수가 없다오."

"흥, 죄다 웃기는 소리지. 십천지약이라니? 흥, 흥!"

십천의 후예 중 한 명을 뽑아서 십천지주로 만든다는 것 자체가 흑풍객에게는 마음에 들지 않는 모양이었다.

그에게는 후예로 내세울 제자나 자식이 없으니 그런지도 모른다고 생각한 위진평이 빙긋 웃자 흑풍객이 냉랭한 얼굴로 물었다.

"이곳에서의 수련이 얼마나 남았소?"

"아직 일곱 달이 남았다오."

"그런 다음에는 어디로 가오?"

"아미파로 가서 배울 예정이지요."

"흥, 아미의 적운 사태 차례인 모양이로군. 하지만 그 성질 고약한 늙은 비구니에게서 과연 배울 만한 게 있을까?"

"장 형의 그 말속에 있는 뜻은……?"

"영애를 차라리 나에게 맡기시오."

"응? 장 형에게 말이오?"

어리둥절해하던 위진평의 얼굴이 환해졌다.

"그 말은 저 아이를 장 형이 거두겠다는 말씀이오?"

"제자를 두고 싶은 마음이 있으면 듬직한 사내 녀석을 하나 골라 제자로 삼지 하필 여자 아이겠소?"

장하륜의 말에 위진평의 얼굴에 언뜻 실망의 기색이 스쳐 갔다.

하지만 그는 내색하지 않고 가볍게 웃으며 말했다.

"하하, 그렇지요. 아무래도 그건 좀 곤란하겠지요. 그렇다면 다른 뜻이 있어서 저 아이를 곁에 두겠다는 것이겠구려?"

"데리고 일 년만 말동무 삼아 강호 유람을 해볼까 하는데, 위 형의 생각은 어떨지 모르겠소이다."

위진평이 즉시 엄숙한 얼굴이 되어 서향에게 말했다.

"들었느냐? 너는 당장 장 숙부를 따라 이곳을 떠나거라."

"예? 아… 아버지?"

위서향으로서는 기가 막히는 일이었다.

흑풍객의 말 한마디에 대뜸 자기를 떠넘기는 아버지의 심중을 이해할 수도 없으려니와, 정말 내 아버지가 맞나 싶을 만큼 실망하기도 했다.

그러나 위진평의 마음은 이미 굳게 정해진 모양이었다.

"장 숙부의 시중을 잘 들며 따라다니다 보면 얻는 게 많을 것이다. 이곳에서 일곱 달 동안 썩고 있을 필요가 없는 거야.

오히려 그보다 몇 배나 크고 소중한 배움을 가질 테니 너에게
는 둘도 없는 기회이니라. 게다가 너는 더 이상 내게서 무얼
배울 것도 없지 않으냐?"

"아!"

위서향은 비로소 아버지의 심중을 알았다.

다른 사람들에게 풍사곡에서의 일곱 달은 소중한 시간이 되
겠지만 저에게는 별로 도움이 되지 않는 시간인 것이다.

그러느니 흑풍객을 따라다니며 강호의 경험을 쌓고, 틈틈이
그의 절기들을 배우게 된다면 경쟁자들보다 몇 걸음 앞서 나
가게 될 것 아닌가.

잠시 후, 위서향은 사형제들은 물론 청향이나 백풍산, 하군
악 등과 제대로 작별 인사를 할 새도 없이 흑풍객 장하륜을 따
라 풍사곡을 떠났다.

그녀가 그렇게 갑자기 떠나자 풍사곡에 남아 있는 백풍산
등 세 사람은 허탈하기 짝이 없었다.

다섯 명이던 십천의 후예가 셋으로 줄었을 뿐 아니라, 마교
의 무리가 출몰했다는 사실에도 마음이 설레서 더욱 무공 수
련에 방해가 되었다.

청향 비구니의 경우가 가장 심했다.

정을 붙였던 운도가 갑자기 떠나더니 마교의 무리가 되었다
는 소식을 들었고, 의지하던 위서향마저 불쑥 강호로 나가 버
리지 않았는가.

아무리 어려서부터 세상일을 떠나 청정한 세계를 그리며 수양해 왔다고 해도 이제 열다섯 살이 되어가는 어린 소녀에게 그건 혼자서 견디기 힘든 충격이었다.

제 처소에서 밤새 운 청향은 다음날 아침이 되자 퉁퉁 얼굴이 부은 채 북무관으로 나왔다.

"이건 의미가 없어."

백풍산의 말에 하군악이 고개를 끄덕여 수긍했다. 청향 비구니는 고개를 푹 숙이고 있을 뿐이었다.

"이러느니 차라리 마교의 무리를 뒤쫓는 게 도움이 될 것이다. 실전을 경험할 수 있게 되지도 않겠어? 어떻게 생각하느냐?"

그의 말에 하군악이 '바로 그거야!' 하고 소리쳤고, 청향 비구니도 숙이고 있던 얼굴을 들었다.

"곡주님께 말씀을 드려야겠다."

두 사람의 동의를 구한 거나 마찬가지가 되자 백풍산이 벌떡 일어섰다.

바깥세상이 소란스러웠고, 황피령 아래의 억새밭에서 당한 일도 있으나 풍사곡은 여전히 조용하기만 했다.

많은 문도들이 돌아와 상주하고 있어도 그들이 없었을 때와 마찬가지로 적막했던 것이다.

백풍산의 방문을 맞이한 위진평의 모습도 그랬다.

여전히 근엄하고 평온해 보이는 것이 며칠 전의 일은 까맣게 잊은 것 같았다.

묵묵히 백풍산의 말을 들은 위진평이 담담한 눈길로 그를 바라보았다.

"나에게서 더 이상 배울 게 없기 때문에 그러는 것이냐?"

백풍산이 즉시 그 커다란 몸을 굽혀 바닥에 납작 엎드렸다.

"소질이 감히 그런 마음을 터럭만큼인들 품을 리가 있겠습니까? 다만 마음이 심란하여 집중할 수 없음을 하소연할 뿐입니다."

"그렇겠지."

이해한다는 듯 고개를 끄덕인 위진평이 잠시 허공을 응시했다.

"좋다. 너희들에게도 기회를 주어야겠지."

"감사합니다!"

"단, 나의 제자들과 함께 행동해야 한다. 만일 공명심에 사로잡혀 제멋대로 굴다가 전체에 피해를 주는 일이 발생한다면 너희들의 사부를 대신해서 내가 엄중히 문책하겠다."

"명심하겠습니다!"

*　　　*　　　*

"어디로 가시는 겁니까?"

숙현을 지날 때까지 내내 말없이 따르던 위서향이 비로소 물었다.

그러기까지 몇 번이나 뒤돌아보았는지 모른다.

숙현을 떠나면 이제 풍사곡의 접경에서 멀어지는 것이다.

일 년 뒤에 돌아올 것이나 그래도 정든 곳을 떠나는 마음은 불안하고 불편하기만 했다.

더구나 이 며칠 사이에 폐허가 되다시피 한 푸줏간을 지나가면서는 눈물마저 핑 돌았다.

거기 쾌도왕과 함께 있던 단운도의 모습이 자꾸 눈에 아른거렸던 것이다.

간판은 알아볼 수 없을 만큼 산산조각이 나 길에 떨어져 있었는데, 사람들이 그것을 밟고 차며 지나갈 뿐 누구도 치우지 않았다.

그렇게 숙현의 번잡한 저자를 떠나 논과 밭이 넓게 펼쳐져 있는 들판을 지나려니 후회가 밀려들기도 했다.

'아버님께 꾸중을 듣더라도 그냥 풍사곡에 머물러 있을 걸 그랬나 보다.'

그런 후회는 무뚝뚝하기 짝이 없는 흑풍거 장하륜에 대한 서운함과 원망 때문에 더했다.

이 괴팍한 사람을 일 년 동안이나 따라다녀야 한다고 생각하자 벌써 질려온다.

"어디로 가고 계신 건지 말씀해 주실 수 없나요?"

그래서 다시 묻는 말투가 곱지 못했지만 장하륜은 표정없는 얼굴로 그저 앞만 보고 뚜벅뚜벅 걸어갈 뿐이었다.

위서향이 그의 뒤통수를 매섭게 흘겨보기를 몇 번이나 했을까. 장하륜이 비로소 입을 열었다.

"얘기 들었다."

"예?"

"단운도라는 녀석과 가까운 사이였다고 하더군."

"그건……."

"변명하려 들 것 없다. 변명한다고 해서 사실이 바뀌는 것도 아니니까."

"그건 그래요."

"보고 싶으냐?"

"예?"

"네 아버지 앞에서는 그 녀석의 얘기조차 꺼낼 수 없었겠지. 나 또한 그랬느니라."

"……."

위서향의 얼굴에 긴장이 가득해졌다.

흑풍객이 대체 무슨 뜻으로 그런 말을 하는 건지 짐작조차 할 수 없었다.

"남녀 간에 서로에게 쏠리는 애틋한 감정이란 하늘이 내려 준 것이다. 무엇으로도 막을 수 없지. 그것을 인위적으로 가로막는 건 그러므로 하늘마저도 무시하는 오만함이고 역천이면서 자연의 이법과 순리를 부정하는 패악이 된다."

"저는 다만……."

"너는 네 마음을 다스릴 수 있느냐?"

위서향이 고개를 푹 숙였다.

"누구도 그렇게 할 수 없지. 왜냐? 마음과 그것에 깃드는 생각이란 내 것이 아니기 때문이다. 조물주가 넣어주거나 마귀가 넣어주는 게 마음이고 생각이다."

"……."

"그 녀석을 생각하는 네 마음은 조물주가 넣어준 것이냐, 마귀의 장난이냐? 대답해 보거라."

그러나 위서향은 한마디도 말을 할 수 없었다.

"남녀 간에 서로 갖게 되는 애틋한 감정은 그 어떤 경우에도 조물주가 넣어준 선물이니라. 악함이 없기 때문이지."

그 말에 위서향은 마음속으로 '그렇다!' 고 커다랗게 소리쳤다.

운도를 생각하면서 사악한 생각을 함께할 수가 없었던 것이다.

스스로를 희생하고 헌신해서라도 그 아이를 이롭게 해주고 싶을 뿐, 운도를 괴롭게 하고 싶은 마음은 조금도 없지 않았던가.

그러니 흑풍객의 말에 크게 공감하지 않을 수 없었다.

그리워하는 마음이 애틋할수록 더 선해지게 된다.

그러므로 악은 사랑이 아니라는 게 스스로 명백해진다.

위서향은 흑풍객에 대한 생각을 달리하게 되었다.

그의 말을 들으며 그가 겉보기와는 달리 마음이 따뜻한 사람일 것이라고 믿게 된 것이다.

흑풍객이 여전히 앞서 걸으며 다시 말했다.

"보고 싶다면 보게 해주마. 그러나 한 번뿐이다."

"아! 정말 운도를 보게 해주실 수 있나요?"

"나는 실없는 말을 하는 사람이 아니다."

"보고 싶어요!"

위서향이 걸음마저 멈춘 채 크게 말했다.

"꼭 한 번 보고 싶어요. 그다음에는 다시 보지 못하게 되
겠… 지요……. 그래서 더욱 보고 싶어요."

"그럼 보게 허주마."

"운도가 어디 있는지 아시는군요? 어떻게?"

그러나 흑풍객은 더 이상 말하지 않았다.

성큼성큼 걸어 멀어질 뿐이다.

우뚝 서서 멍하니 그의 뒷모습을 바라보는 위서향의 머릿속
은 혼란하기 짝이 없었다.

흑풍객이 헛소리를 했을 리 없다.

그렇다면 그는 단운도가 어디로 달아났는지 이미 알고 있었
다는 것 아닌가.

'대체 그가 어떻게? 아버님도 모르고, 무림맹에서도 그를
찾아내기 위해서 천라지망을 펼치고 호남 땅을 온통 뒤지고
있는데 어떻게 흑풍객은 벌써 알고 있단 말인가? 혹시 그 또한
마교와……?

불길한 생각이 번갯불처럼 스쳐 갔다.

부르르 몸을 편 위서향이 세차게 머리를 흔들어 자신의 엉
뚱한 생각을 떨쳐 버렸다.

"그럴 리가 없지. 그는 백도십천의 천주 중 한 명인데 어떻
게 그럴 수가 있겠어?"

여기에는 무언가 은밀한 사정이 있을 것이라고 믿었다.

그리고 그게 무엇인지는 흑풍객을 따라가 보면 알게 될 것이다.

벌써 저만큼 멀어져 있는 흑풍객을 바라보던 위서향이 달음박질치기 시작했다.

흑풍객은 남쪽을 바라보며 허청허청 걸어가고 있었다.

위서향이 따라오는지 그렇지 않은지 궁금하지도 않은 것 같았다.

한 번도 뒤돌아보지 않고 그저 그렇게 제 길만 가고 있었던 것이다.

『마룡의 후예』 2권 끝

저작권 보호!!
장르문학의 성장에 힘이 되어주십시오.

저작물의 무단 전재와 복제, 불법 다운로드!
이것은 관심이 아니라 무관심입니다!

작가님들은 창의적 열정과 시간을 투자해 자신의 꿈과 생계를 유지합니다.
한 권의 책을 만들어 많은 사람들은 자신의 인생과 미래를 설계합니다.

저작물 속에는 여러 사람의 노력과 희망이
담겨 있습니다!

저작물의 무단 전재와 복제, 불법 다운로드는 여러 사람들의 꿈과 생계를
위협함으로써 장르문학을 심각한 상황에 빠뜨리고 있습니다.

이제는 무관심이 아니라 관심으로 장르문학의
성장에 힘이 되어주세요.

[도서출판 **청어람**은 항시적인 저작권 보호를 통해 장르문학과
여러분의 희망을 지키겠습니다.]

武林君子

무림군자

장진영 新무협 판타지 소설

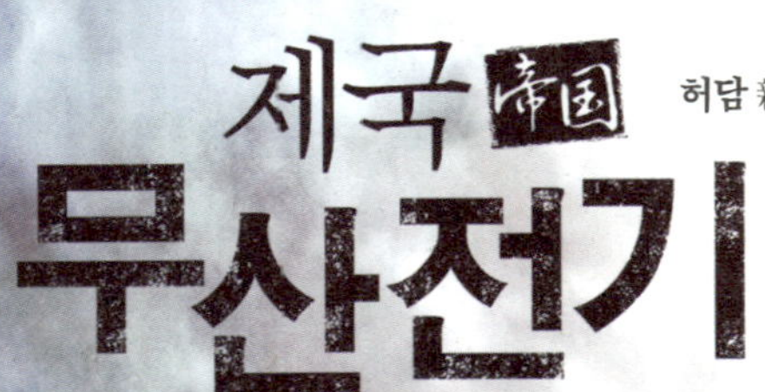

제국 帝国
무산전기
허담 新무협 판타지 소설

신황 단목천의 전무후무한 무림제국이 홀연히 붕괴한 후 삼백 년,
강호의 혼란을 종식시키고자 새롭게 등장한 무산(武山) 천의맹!
그 천의맹에 대변혁의 바람이 분다.

신황 단목천의 영광을 재현하려는 무림의 영웅들!
과연 새로운 무림제국은 다시 탄생할 수 있을 것인가?

그 혼란의 폭풍 속으로 독각수 적풍이 걸어 들어간다.
적풍과 함께 떠나는
파란만장한 강호의 대서사시!

유행이 아닌 자유추구 -
WWW.chungeoram.com
Book Publishing CHUNGEORAM